El día que
me QUIERAS

ADOLFO PUERTA MARTÍN

El día que me QUIERAS

PLAZA JANÉS

Primera edición: mayo, 2009

© 2009, Adolfo Puerta Martín
© 2009, Random House Mondadori, S. A.
   Travessera de Gràcia, 47-49. 08021 Barcelona
© 2009, TVE SAU
© 2009, TVE COMERCIAL
© 2009, DIAGONAL TVE S. A.

Printed in Spain – Impreso en España

ISBN: 978-84-01-33713-0
Depósito legal: B. 14.535-2009

Compuesto en Fotocomposición 2000, S. A.

Impreso en Limpergraf
Mogoda, 29. Barberà del Vallès (Barcelona)

Encuadernado en Lorac Port

L 3 3 7 1 3 0

Para Lidia y Gala

Esta novela está basada en una historia real.

Los nombres de absolutamente todas las personas han sido modificados, así como sus edades y las ciudades en que se mueven, por lo que resulta imposible reconocer a ninguna persona que no pertenezca a la ficción.

Cuando volví a instalarme en Madrid dejé de beber. Fue a costa de fumar el triple, pero lo logré. Los atardeceres perdieron aliciente y se adocenaron sus bellos colores, las noches dejaron de fundirse con los amaneceres en la bruma de la imbecilidad ansiada, los recuerdos sacaban sus garras más a menudo y los días en general pasaban despacio. Eso es cierto. Para compensar, empecé a disfrutar de mañanas más largas y poco a poco los recuerdos dejaron de arañarme el pecho y de secarme la garganta. Ambos síntomas me los provocaban ahora los Bisontes, que no tienen filtro. Como no bajaba a beber, me pasaba en la oficina las horas muertas consumiendo un cigarrillo tras otro. Afuera, los diferentes sonidos del tráfico en la Gran Vía marcaban el avanzar del día.

Que Madrid había crecido durante los cinco años que pasé fuera era indiscutible. Sólo con tener los ojos abiertos mientras el tren entraba en la ciudad a través de embrollos de chabolas lo constatabas. Al menos entrando por el sudeste, por Vallecas. Como llegué de noche no pude hacerme una idea cabal de la extensión de los asentamientos, pero el interminable manto de hogueras a la puerta de las chabolas se extendía a lo lejos hasta unirse en el horizonte al otro manto de brillante estampado, el de estrellas. Después, mientras buscaba un lugar donde vivir y montar la oficina, comprobé que, puede que como consecuencia de ese crecimiento, puede que por otras razones, Madrid también había cambiado. Quizá antes no me había fijado, quizá lo había olvidado, pero ahora que estaba otra vez aquí encontraba Madrid agrietada, mirara hacia donde mirase, pensara en lo que pensase, partida. Ésa era la sensación predominante: Madrid era una ciudad partida en dos. Es verdad que, cuando vuelves a una ciudad después de algún tiempo, no puedes estar seguro de si es la ciudad la que ha cambiado o eres tú quien la ve con otros ojos o, lo más probable, ambas cosas a la vez, pero ahora Madrid me sorprendía con esas brechas a que me refiero: convivían, en raros equilibrios y curiosas relaciones, el progreso con la tradición, el glamur importado con las boñigas de caballería, la alegría de vivir con las sotanas; incluso entre la autoridad, los uniformes de sufrido gris para el trabajo sucio con los uniformes de fantasía propios de un país de imperios y caudillos. Sobre todo, resultaba más chocante si cabe la convivencia, no de la riqueza y la pobreza, que eso parece ser norma eterna, sino de la ostentación insultante con la miseria implorante. Es verdad que, en mayor o menor medida, esos contrastes se pueden observar en cualquier ciudad del mundo pero en Madrid se daban, no ya entre distritos o barrios, que también, sino en la misma acera, en la misma calle. Para no ir más lejos en la avenida de José Antonio. En la Gran Vía, los frenazos de los coches americanos rebosantes de caballos estaban originados por carros de una sola mula todavía en uso para el transporte de basura, de chatarra o incluso de ganado; los vestidos sugerentes de imitadoras de Ava Gardner provocaban el giro de boinas caladas hasta las cejas; las muchachas, que se cogían del brazo en grupos y reían felices al acabar su jornada de cajeras en Sepu, entristecían su gesto con artificiosidad al pasar un cura y hubiera sido de comentar que no se acercaran al tonsurado y, con un amago de genuflexión, le besaran la mano; mientras se lustraban los zapatos, mujeres de visón o armiño y hombres de habano bromeaban con chiquilicuatres descalzos que les bailaban fandangos.

Sólo me hicieron falta unos cuantos días para constatar tales discordancias. Saltaban a la vista los contrastes. Como si la ciudad hubiera crecido a fuerza de tirones hacia el futuro sin que nadie se percatara de que entre los dedos de la garra que tiraba se quedaban jirones de desahuciados. Y sin lamentos. Franco y la Iglesia se habían encargado de dotar a la desigualdad de un sentido natural. No chocaban tanto las disparidades en sí como lo irremediables que parecían, a unos y a otros. Y a mí.

Habrá algunos que me recuerden. Me llamo Héctor Perea y en el cincuenta y uno, durante algunos días, se habló de mí en la prensa por haber desenmascarado a un comisario de la Criminal como el asesino de mujeres que aterrorizaba a la ciudad. Era el mismo comisario que hacía unos meses me había expulsado del Cuerpo. La Jefatura Superior tapó el escándalo. Aquí no ha pasado nada. El público jamás supo que el asesino había sido comisario de policía. Pregunté por qué se engañaba a la gente. Me dijeron que se trataba de no ensuciar el limpio nombre de la policía. Tragué. Pero yo empecé a entender muchas cosas que pasaban a mi alrededor. Delitos que no se investigaban. Pruebas que desaparecían. Policías que vestían caro, tenían coche y querida y se emborrachaban y jugaban al póquer en los garitos más caros. Seguí de cerca y por mi cuenta algunos casos. Se movían ingentes cantidades de dinero con, para y alrededor de la policía. La explicación es muy sencilla. Cuando para mantenerse en el poder sin sobresaltos un gobierno hace de la policía su principal arma, la convierte en imprescindible y la dota de privilegios, es normal que los funcionarios armados se crean elegidos y tiendan a pensar que ellos son la justicia. En esas circunstancias y en mayor o menor grado, de acuerdo con su posición en la escala de mando, los policías se comportan como dioses en sus parcelas de poder. Los hay, entre los más modestos, que se limitan a tomarse unos chatos gratis en las tabernas de su distrito o a imponer su despótica autoridad entre los vecinos. Los altos mandos van mucho más allá. Los hay que deciden a quién perseguir y a quién no, deciden por tanto quién podrá saltarse la ley impunemente y quién pagará por ello; en ocasiones deciden también quién debe vivir o morir. De ahí a creerse todopoderosos e impunes hay un paso. Y ese paso es aliarse con los ricos. Juntos, ricos y policías se convierten en una máquina de hacer dinero y de soslayar la justicia, de soslayar la justicia para hacerse ricos. Los jerarcas de la policía se enriquecen y los ricos duermen tranquilos. Unos y otros se protegen mutuamente para gozar del sueño de la impunidad. ¿Quién no ha soñado alguna vez con poder hacer lo que le viniera en gana sin tener que pagar por ello? Algunos lo han conseguido. La vida de los demás entonces vale menos que asistir a la próxima fiesta o doblar tu capital con el próximo negocio. Vale también menos que un salto en el escalafón. Eres impune. Por eso cualquier delito que te cuenten de un policía es creíble. Por eso, también, cualquier delito que te cuenten de un ricachón es verosímil. Y el caso es que ese orden funciona mientras la mera mirada de un policía acojone.

Me readmitieron en el Cuerpo después de esclarecer los asesinatos de mujeres. Pero abandoné. No quiero aparentar ser un adalid de la justicia como esos nuevos héroes de los tebeos. No soy el Capitán Trueno ni el Guerrero del Antifaz que luchan contra el delito por una especie de compulsión, que necesitan a los delincuentes como una droga. Me hice policía por miedo a los policías y abandoné el Cuerpo por miedo a ser policía, a haberme convertido en un policía de Franco. No es un buen historial, lo sé, pero no tengo otro menos pusilánime.

Abandoné el Cuerpo y me casé. Nos fuimos a vivir a otra ciudad. El plan relucía, como reluce el futuro y la plata de todos los recién casados, al menos de los que tienen futuro y plata. Los años pasarían plácidos. Nuestras conciencias permanecerían limpias. Sería una vejez, la nuestra, activa y enamorada. Formaríamos una médula familiar tan alimentada de amor que, al final, confundiríamos los nombres de los hijos y los nietos que nos rodearan. Y aquel que muriera antes esperaría a la luz del balcón del salón a que el álbum de fotos se llenara.

No sucedió de ese modo. Y nadie tuvo la culpa. A lo sumo, yo fui más perezoso a la hora de despertar del sueño.

Mi mujer se marchó una mañana de escarcha. Otro aliento nos empañó la plata. Que fuera el de una mujer apenas cambió mi espanto. Hubiera tiritado igual cuando vi las maletas hechas y a ella sentada en la cama. Se despidió con las palabras justas. Yo tampoco quise hablar ni hacer que reflexionara. Ella misma bajó el equipaje al portal y buscó un taxi. Ni siquiera le pregunté adónde se dirigía. Para seguir temblando me sobraba con saber que al final del trayecto la esperaban.

Me hice adicto al temblor. El temblor desalojaba los pensamientos. Cuando el recuerdo de mi mujer dejó de provocármelo bebí hasta la náusea de la noche, presagio esperado del temblor de la mañana; cuando el temblor de la mañana se convirtió en un síntoma acostumbrado que volvía a permitir que mi cerebro funcionara, me dio por el juego; jugué hasta que el dinero perdió su importancia y ya ni siquiera temblaba cuando me quedaba sin blanca.

Después de que un hombre muriera por mi culpa, a finales del cincuenta y cinco, regresé a Madrid para abrir un despacho de investigador privado. No sabía hacer otra cosa.

Me instalé en la calle de la Salud, muy cerca de la Gran Vía, junto al edificio de la Casa Matesanz, aunque en un portal más barato. La oficina se encontraba al final de un pasillo estrecho, maloliente y poco iluminado, tanto para ahorrar como para esconder las agresivas pelusas acumuladas en los rincones, las raídas y agujereadas alfombras granates, los desconchones perennes en las paredes. Mi despacho no se diferenciaba gran cosa de los de la mayoría de mis competidores, casi todos asentados por aquella zona:

parecía que quisiéramos dar esa impresión mugrienta para que nuestros clientes se sintieran menos avergonzados al contarnos la inmundicia en la que estaban inmersos o para que se tranquilizaran al intuir que ni el más sucio pecado, propio o ajeno, que les hubiera llevado hasta allí nos escandalizaría, dados los muchos que debíamos haber cometido nosotros para haber terminado así. Voy a contarles algunos de los míos, los mortales.

He matado con la ley de mi lado y he matado con la ley en contra. Pero siempre con justicia. Porque ésa es la ventaja que tienen las dictaduras: si la justicia se acomoda a la conveniencia de unos pocos, ¿por qué no va a acomodarse también a la tuya?

Cuando hay hombres que por la fuerza o el nacimiento y la tradición son considerados como superiores a los demás y por encima de toda norma, todo hombre adquiere el derecho a tomarse la justicia por su mano; cuando algunos hombres se sienten impunes, es deber de todo hombre recordarles su fragilidad, aun a costa de la vida; a ser posible la suya, la de ellos.

1

Estoy completamente seguro de la fecha, algo que no es habitual en mí y que me ha generado muchos problemas con las mujeres, porque el día anterior fue el del Estudiante Caído y aquel nueve de febrero la conmemoración resultó sonada.

Ya cerca del mediodía se presentó en mi despacho Santos para informarme de que la policía estaba moliendo a palos a grupos de estudiantes que se manifestaban por los alrededores de la universidad de la calle de San Bernardo.

—¿Sabe, don Héctor? —preguntó con retórica un Santos excitado—. Los estudiantes rojillos han salido del caserón de San Bernardo y ha habido tiros. Un falangista muerto como mínimo. Ya se habla de represalias. Ahora se manifiestan por los bulevares y la policía carga una y otra vez. Los he visto desde el café Comercial. El camarero, que es falangista, dice que el crimen no va a quedar impune y que sus camaradas se están organizando para cazar rojos esta noche.

—No me llames don Héctor.

—¿Eso es todo lo que le preocupa? ¿Estamos ante otro

treinta y seis y usted me recrimina el tratamiento? Entendería en todo caso que se ofendiera porque le llamara de tú.

—Puede que me dobles la edad.

—Pero es usted el que suelta dinero de vez en cuando. Eso siempre me ha merecido respeto.

—¿Tan grave es lo de los estudiantes?

—Y si no lo es, harán que lo sea. Se venía hablando desde hacía tiempo de la implantación del Partido Comunista en la universidad. Se las arreglarán para que caigan algunas cabezas. Un par de perpetuas, quizá una *pepa* conmutada a última hora, y descabezado el movimiento estudiantil para otros diez años.

—Te has ganado un bocadillo. Bueno, medio. De salchichón —le dije. Santos siempre cobraba por la información; era uno de sus oficios.

—Menos da una piedra.

Saqué la barra de pan y los cincuenta gramos de salchichón del archivador de la A-J y nos hicimos los pequeños bocadillos con la navaja de Santos. A dos carrillos terminamos pronto. Santos no dejó de hablar ni con la boca llena.

Al parecer, un grupo de falangistas, que regresaba del funeral por Matías Montero, el estudiante asesinado en 1934 que dio origen a la conmemoración, se topó con otro de estudiantes de izquierdas, reunidos en el caserón de San Bernardo para discutir la representatividad del SEU. El enfrentamiento a golpes fue inevitable. Acudió la policía y se escucharon disparos. Un falangista cayó y sus camaradas prometieron venganza, a pesar de que numerosos testigos afirmaban que el tiro había salido de la pistola de un correligionario del herido. El asunto adquiriría en los días siguientes carácter de crisis gubernamental: Franco cesó al ministro de Educación y al secretario general del Movimiento, además de suspender algunos artículos del Fuero de los Españoles, lo que equivalía a un estado de excepción. Pero tan importante como eso fue que a lo largo del día los estudiantes de izquierdas siguieron manifestándose por los alrededores de la universidad, llegando incluso hasta los bulevares y la Gran Vía. Según Santos, en los mentideros se decía que por la noche saldrían de batida grupos de falangistas armados y miembros de la Guardia de Franco; que sería, vamos, otra noche de cuchillos largos. Finalmente no llegó a tanto, pero sí fueron detenidos y posteriormente condenados un buen número de estudiantes relacionados con el Partido Comunista. Desde el final de la guerra era la primera vez que sucedían enfrentamientos tan graves con la temida policía franquista, pero lo más importante fue que esos estudiantes de la órbita comunista eran en su mayoría de clase media y clase alta: eran hijos de los que habían ganado la guerra.

—Don Héctor, no sé si se ha fijado, pero nunca hemos comentado de política —dijo Santos mientras recogía y se llevaba a la boca las migajas que le habían quedado en el regazo.

—No me interesa, nunca me ha interesado. ¿Y a ti?

—Hombre, a mí hay días que, como hoy, me da de comer. No es usted al primero que visito; me he ganado mis buenos duros.

—¿Qué hiciste durante la guerra, Santos?

—Vender información, que es mi oficio.

—¿A quién?

—Una pregunta comprometida, don Héctor, incluso para el año de Dios de mil novecientos cincuenta y seis. —Miró a ambos lados antes de responder—. Poca cosa, pero a los republicanos. Dese cuenta que he puesto mi vida en sus manos.

No tuve más remedio que soltar una carcajada.

—Ríase, ríase, que todavía fusilan, si bien más de tarde en tarde.

—Tenemos las calles llenas de *haigas*, de paquetes de Camel y de soldados y diplomáticos americanos. Del norte. Los tiempos duros ya se acabaron.

—Fíese usted de la Virgen y no corra. Como si los americanos no mataran. Sepa usted que han inventado la silla eléctrica y la cámara de gas.

—No por delitos de opinión. Se cargan sólo a los asesinos más brutales. Reconoce que es un avance.

—Para mí, en cuestión de justicia, la única innovación que merece la pena destacar se dio en el siglo diecinueve, cuando se declaró improcedente la prisión por deudas.

Santos, que ya hacía tiempo que no vestía su camisa azul y se conformaba con llevar el yugo y las flechas en el ojal de la solapa de su abrigo, me confesó que estaba incluso comenzando a pensar en quitarse la insignia.

—Los que vivimos de fingir —me dijo— tenemos que ser muy previsores.

Aunque lo hacía con todo el mundo, Santos no se engañaba a sí mismo. Me gustó que también conmigo comenzara a hablar con franqueza.

Era Santos el único amigo que había hecho desde mi regreso. Y prácticamente la única persona con quien hablaba. De vez en cuando pensaba en darme una vuelta por la plaza de los Frutos y entrar en el Asturiano para visitar a Manolita y Marcelino o en el estudio de fotos para charlar con Sole y Juanito, pero nunca reunía la fuerza necesaria para afrontar la inevitable sarta de recuerdos que surgirían en la conversación, la compasión que notaría en ellos. Me conformaba con las peroratas constantes de Santos.

Le conocí el día que entró a mi oficina con estudiado aire arrogante. Era a primera vista un buscavidas flaco y alto, aunque no tanto como para evitar que su abrigo, obviamente ajeno como todo lo que llevaba encima, le arrastrara por el suelo. Me regaló un ejemplar atrasado de *El Caso*, en el que su firma aparecía bajo la ilustración de un juicio. Al parecer, ejercía esporádicamente el oficio de dibujante de Tribunales y para complementar ingresos vendía información. Pretendía que le pasara una cantidad semanal, no mucho, diez duros, por mantenerme informado inmediata y permanentemente de lo que hiciera en Madrid cualquiera que fuera alguien en cualquier campo, desde las finanzas hasta el hampa, pasando por los jueces y la policía. Según él, sólo se le escapaban las putas que entraban en El Pardo y eso porque, a diferencia de otros palacios presidenciales, en El Pardo jamás había entrado ninguna, que la Polo podía ser hipócrita en otros aspectos pero era muy estricta en cuestiones morales. De creerle, todos los detectives de la zona centro utilizaban sus servicios y los amortizaban. Por el momento, le dije muy claro y a modo de despedida, yo no podía garantizarle esos duros. Pero como estábamos en la mañana del día de Nochebuena, se las apañó para que le prestara las cincuenta pesetas que necesitaba para que sus niños cenaran. Conseguidos los billetes, se marchó, según él, a cantar villancicos en casa: todavía quedaban en Madrid hombres de buena voluntad.

Sin embargo, a media tarde me lo encontré bebiendo de una botella de vino que llevaba en el bolsillo del largo abrigo. Miraba muy concentrado el escaparate de una relojería.

—Dicen que el tiempo todo lo cura pero a mí sólo me empeora —sentenció cuando me vio reflejado en la luna pulida.

Para aplacar mi indignación, juró que era verdad lo de sus hijos y que, después de visitarles, había vuelto a tirarse a la calle porque, gracias a Dios, ese día ya no le necesitaban: la madre había conseguido comida para fecha tan señalada. Él tenía que seguir trabajando, vibrando en la calle con la noticia. Aquella Nochebuena cenamos los dos sardinas saladas sobre mi escritorio y dormimos en el catre de la cocina.

Si lo de las sardinas saladas fue en diciembre, ahora, en febrero, no quedaba ni para eso. Y, aunque Santos trató de enseñarme métodos de principiante para la castiza costumbre de dar sablazos, no me había atrevido todavía a poner en práctica mis conocimientos. El alquiler de febrero se llevaría las últimas pesetas que me quedaban. A finales estaría sin oficina y, por lo tanto, sin residencia. Pero no podía darme por vencido porque a la soledad le sumaría la desorientación del sin oficio, aunque todo lo que podía hacer era fumar Bisontes con los pies sobre el escritorio. Menos mal que todavía estábamos a día nueve. Recuerdo tan bien la fecha por el Estudiante Caído, aunque sería más normal que la recordara porque ese día me cambió la vida.

2

Serían las diez de la noche y me ocupaba en vaciar el barreño del agua grisácea que había quedado después de bañarme cuando llamaron a la puerta. El casero había prometido poner una ducha en el cuchitril que albergaba el retrete común, pero seguía sin dar noticias. Mientras tanto, meterme en un barreño de zinc y echarme por la cabeza cubos de agua era la mejor forma que había encontrado de mantener la higiene. En la cocina, junto al fogón donde ponía agua a hervir, desnudo y de pie dentro del barreño, mezclaba en un cubo el agua del grifo con la caliente de la olla y me la vertía encima. Un cubo de agua tibia, un poco de frote con jabón casero de aceite frito y sosa cáustica y otro cubo, éste de fría, para aclarar. Era jueves y me tocaba baño. Dos veces por semana, jueves y sábado, ya eran suficiente suplicio. Los golpes en la puerta arreciaron. Me anudé a la cintura una toalla, fina como velo de novia, y fui a abrir. Supuse que sería Santos que se habría olvidado algo.

Pero ya antes de abrir, a través del cristal translúcido y de las letras que, al revés desde este lado, anunciaban mi nombre y oficio, pude ver que era una mujer. Vestía de negro o de algún tono bastante oscuro y llevaba un sombrerito con forma de bizcocho redondo.

—Espere, por favor —le dije—, no estoy vestido.

—Póngase algo encima y abra —contestaron desde el otro lado—; tengo prisa y no estará pasando más frío que yo en este pasillo.

Las dos órdenes revelaban que estaba acostumbrada a mandar; de sus afirmaciones, la segunda, la del frío, podría figurar en letras de oro en el portal de la finca: el pasillo era gélido porque la madera de los ventanucos se había hinchado con la humedad del invierno y no se podían cerrar, permanecían abiertos a todas horas. Las corrientes de aire te convertían en un *sansebastián* asaeteado durante su último estertor.

—Está abierto. Entre y espere; salgo enseguida.

Mientras me ponía en la cocina un pantalón y una camisa, pude escuchar cómo entraba y el arrastrar de la silla para sentarse. Salí lo más deprisa que pude, aunque me di cuenta de que había abrochado mal los botones de la bragueta por distraerme rogando al dios de los sin blanca que fuera una cliente. Del perchero cogí mi americana antes de pasar al otro lado del escritorio y mirar a la mujer. Fuerza es lo primero que vi en ella. Determinación. Y quizá el deseo, el orgullo de esconder el miedo detrás de sus ojos negros y muy húmedos. Vestía efectivamente un abrigo de paño color nazareno oscuro y un sombrerito redondo parecido a los que lucen las azafatas extranjeras en los anuncios de compañías aéreas; debajo, un suéter, una rebeca y una falda justo por debajo de las rodillas, todo malva. Podría describir también sus manos de dedos largos que abrochaban y desabrochaban con nerviosismo un bolso burdeos de cocodrilo o serpiente, podría describir las joyas, probablemente muy caras, alrededor de su cuello, sus dedos y muñecas, pero sólo estaría postergando el momento imposible de expresar lo que sentí. Fue de un lado vergüenza por mi camisa blanca convertida en parda por los años y las descuidadas coladas; y por mis pantalones, relucientes de uso en rodillas y muslos, casi con seguridad también en la culera; de otro fue, cómo decirlo, pánico sin más a la belleza, a la capacidad que le concedemos a la belleza de descubrir la verdad —me odiaba tanto a mí mismo que creía que cualquiera que llegara a conocerme también me odiaría—, y sentí desesperación por ser yo quien era y no otro hombre, uno que pudiera provocar en ella un desasosiego semejante. Recuperé el control recordando los más o menos cinco años que habían pasado desde que una mujer pronunciara mi nombre con cariño o hubiera puesto una mano sobre mí. Quise convencerme de que a eso se debía mi ahogo. Y de nuevo supe o creí saber que ella conocía mis sentimientos y me entendía. Porque sonrió. Sonrió a pesar de que, como un forense de sonrisas, deduje que había llorado no hacía tanto. No era tan difícil la deducción: si necesitaba un sucio huelebraguetas como yo no tendría mucho gozo que repartir. Es el mío un oficio cuya materia prima son los disgustos.

—La escucho.

—Tengo entendido que se encarga usted de buscar personas desaparecidas.

—Sí, si son recientes.

—¿Qué quiere usted decir?

—Todavía hoy día hay mucha gente que busca enemigos de cuando la guerra. Sobre todo gente que ha hecho dinero en la posguerra y ahora quieren encontrar a quien mató o mandó matar a su padre, a su abuelito, a quien sea, para luego vengarse. Legalmente, claro. Consiguiendo que les despidan de sus empleos, por ejemplo. Ya no trabajo en ese tipo de casos.

—La persona que busco ha desaparecido recientemente.

—¿Ha ido usted a la policía?

—No la buscarían.

—¿Por qué?

—Ha desaparecido después de salir de la cárcel. Por roja.

—¿Es una mujer?

—Elvira Nicuesa. Llevaba presa desde el treinta y nueve. La condenaron a treinta.

—¿Por qué la han soltado?

—No la he visto. Por eso le necesito.

—¿En qué penal ha cumplido?

—En Cuenca. Ya he hablado con ellos. No me han sabido o querido dar razones. Sólo que salió el veintiséis de enero, hace justo dos semanas.

—Sí, no suelen ser muy explícitos. ¿Puedo preguntar por qué quiere encontrarla?

—Eso es lo de menos. Limítese a hacerlo.

—Necesitaré datos. No podré aceptar hasta que no sepa cuáles son las posibilidades de éxito.

—Necesitará más dinero que datos para tomar esa decisión. Estoy dispuesta a darle dos mil pesetas ahora mismo y cinco mil más cuando me diga dónde está.

Era mucha tela. Si el asunto era limpio, claro. Algo me hacía pensar que su elección no era casual. No hay muchos investigadores en Madrid pero sí algunos bastante más conocidos que yo, que no lo soy en absoluto. Aunque no era cuestión de preguntarle dónde había obtenido mis referencias. Había puesto las dos mil pesetas sobre la mesa.

—Datos —dije escueto para que no descubriera en el tono de mi voz el ansia por echarle mano a los billetes.

—Casi con seguridad ha venido a Madrid.

—¿Por qué? Diecisiete años cambian mucho a una persona.

—Tengo razones para creerlo.

—Sería conveniente que me dijera lo que sabe.

—Perdone, no he querido decir «razones» exactamente; más bien una corazonada. Tengo la intuición de que está aquí. Quizá le queden algunos amigos en el barrio donde vivió durante la guerra. Carabanchel. Calle Antolina Merino, no recuerdo el número.

—¿Qué más? —pregunté mientras tomaba nota.

—Podría estar mendigando. Viviendo en una chabola o…

No se me escapó el temor que expresó su duda.

—Siga.

—O entre los que duermen bajo los puentes del río.

—¿Por qué? —pregunté para tantear: bien sabía yo que muchos hombres y mujeres que salían de las cárceles y que habían perdido a la familia, muerta o exiliada, se sumaban a los pedigüeños que buscaban un techo en los puentes del Manzanares. También sabía que, en las últimas dos semanas, habían matado a cuatro de esas mendigas—. ¿Teme usted que esté en peligro?

—¡No sé! —exclamó irritada—. Ya se lo he dicho. No tengo más información que la que le he dado.

—No es cierto. Debería darme una descripción, algo para reconocerla.

—Tiene usted razón —dijo sacando de su bolso, abierto y cerrado cien veces durante la conversación, una foto amarillenta y abarquillada con un recorte de piquitos romos en los bordes—. Detrás tiene escrito su nombre. Ya se lo he dicho: Elvira Nicuesa. Es ésta. La más alta. Aunque no le será muy útil, está borrosa y ella habrá cambiado mucho.

Tenía razón: probablemente ni la propia Elvira se reconocería en la instantánea. La foto mostraba dos matrimonios, supuse al ver que cada mujer cogía del brazo a un hombre, con sus respectivas proles. El matrimonio más joven, el de la tal Elvira, agarraba a cuatro manos un carrito de niño, aunque a éste no se le veía. El marido del otro matrimonio cogía por los hombros a una niña de unos cinco años y la esposa abrazaba por la cintura a un muchacho de unos quince. Vestían todos de verano y a la moda de antes de la República; al fondo se podía ver el Miquelet, la torre de la catedral de Valencia. Pero no hubiera podido reconocer a ninguno de ellos aunque fuera mi oculista y acercara su cara a la mía para una optometría.

—El marido, el hijo y unos familiares, ¿no?

—Amigos. Todos muertos. Por ahí no avanzará nada.

—¿Los niños también?

—O desaparecidos, qué más da. La foto es de mil novecientos veintiséis. Eran republicanos. Elvira tendrá ahora unos sesenta.

—No me ha dicho cómo se llama usted ni cómo localizarla.

—Me llamo María Delgado —dijo poniéndose en pie—. Yo vendré por aquí a menudo.

Sonreí. Demasiadas incógnitas y demasiado secreto. No me lo había creído todo. Más bien nada. Sólo que Elvira Nicuesa estaba en Madrid y ella, mi cliente, lo sabía.

—Llamaría, pero veo que no tiene usted teléfono —dijo.

Era verdad: utilizaba un bar cercano a mi portal para hacer y recibir llamadas. Pero ella había aludido a esa carencia, a mi pobreza, para desviar la atención del hecho de que no me permitiera localizarla. Lo que además significaba que sabía el efecto de inferioridad que provocaba en mí. Nuestra relación, aunque se limitara a lo comercial, iba a ser un duelo.

—¿Cómo puedo estar seguro de que no pretende que encuentre a esa «roja» para vengarse de ella?

—Porque no le he dicho lo que quiero que haga cuando la encuentre. Ni siquiera tendrá que enseñármela.

—¿Qué quiere que haga entonces?

—Sacarla de España. —Y, antes de que yo protestara, añadió—: Habrá más dinero por este segundo encargo.

Iba a replicar pero dijo:

—Lleva usted un botón mal abrochado. —De nuevo trataba de minusvalorarme para desviar mi atención.

Y se fue. Debería haber corrido tras ella, no para pensar en más cursilerías sobre su belleza y mi pobreza de dinero y de espíritu, sino para decirle que, si sacar de España a la vieja Elvira pasaba por enfrentarme con la policía o con otras fuerzas del gobierno, me negaría en redondo a ayudarle. Pero no lo hice. Me quedé sentado y encendí un Bisonte. Era bella, era enigmática, era rica y, por el contrario, yo no sabía durante cuánto tiempo más podría seguir cenando bajo techo veinticinco gramos de salchichón o un arenque prensado entre la puerta y su marco. Por eso, tal vez no valiera la pena cometer algún que otro delito por ella pero, lo tenía comprobado, menos rentable me iba a resultar seguir siendo respetuoso con el gobierno y la ley; y además sin ella. En su momento, si ese momento llegaba, sería una ardua decisión. Me tranquilicé pensando que siempre podría dar la *espantá* como respuesta. No sería la primera vez. Me llegó el sueño pensando que tampoco María pisaba firme: no se me escapó que había elegido una hora muy tardía para entrar al portal de un detective privado; ni que, al quitarse con lentitud sus guantes amarillos de cabritilla, dejaba ver la marca que un anillo había dejado en la primera falange de su anular izquierdo.

3

Por la mañana, me despertaron temprano las voces de un churrero. Me asomé a la ventana y vi al chaval cargando con su incómoda cesta de mimbre. No debía de tener más de doce años y sus gritos en el frío amanecer sonaban cascados, como los de un ángel borrachuzo; seguro que, antes de lanzarse a la madrugada de febrero, se había obsequiado con un vasito de cazalla en la misma churrería. Cada vez que terminaba el verso que anunciaba su mercancía torcía con evidente dolor el cuello, rígido aún por la helada nocturna, para mirar durante unos instantes hacia los pisos altos esperando que asomara alguna señora a comprar su media docena de tejeringos o de porras. En esos momentos se notaba que el invierno le tupía con mocos la nariz porque abría la boca para respirar. Se le veían también los ojos aguados por el frío. Entonces ya no parecía un ángel sino un pollo húmedo y hambriento. Desapareció tiritando calle de la Salud abajo. Por delante le había tapado un delantal que fue azul, pero al mirarle por detrás se veía que iba en pantalones cortos y destacaban, en la trasera de sus dos orejas, como los pilotos de un automóvil, los sabañones colorados y relucientes. La amenaza de mi padre cuando me veía holgazanear era siempre la misma: «Como no estudies, te pongo de churrero». Poco se imaginaba él que terminaría en una profesión con el mismo futuro y en la que ni siquiera podría pregonar mi mercancía. Cerré la ventana con fuerza, como si quisiera evitar que los recuerdos siguieran entrando, y cayeron sobre el gélido piso de terrazo, cubiertas de escarcha, las pocas láminas que quedaban de la descascarillada pintura verde del marco. Envidié al churrerito su desayuno de cazalla.

Preparé un puchero con más achicoria que café y me bebí hasta los posos, en parte por ansia, en parte porque la manga que usaba para colar tenía un agujero del tamaño de una moneda de dos cincuenta. Reconfortado por el brebaje caliente, en cuanto conseguí que el deseo de alcohol se amontonara en la parte de mi cerebro donde se pudren todos los demás deseos no satisfechos, me puse a pensar en el trabajo. Me costó centrarme porque había olvidado la costumbre. Mientras me vestía, repasé la poca información de que disponía y decidí comenzar por Carabanchel, por el último domicilio conocido de Elvira Nicuesa, si exceptuamos el penal de Cuenca. La otra posibilidad, buscarla en los refugios de mendigos bajo los puentes del Manzanares, exigía nocturnidad; durante el día, los limosneros se dispersan por la ciudad en busca de sustento, como los glóbulos rojos se desparraman por las venas hasta los más extremos capilares. Antes de salir, cogí uno de los billetes de mil que mi cliente había dejado sobre la mesa y me lo eché al bolsillo del pantalón con intención de cambiarlo; el otro lo guardé entre las páginas del Código Penal que, si bien no era una caja fuerte, serviría para recordarle al posible ladrón que cada acto tiene su consecuencia.

Con dinero encima, la calle ofrece un aspecto absolutamente diferente al que percibes cuando andas canino. De selva hostil, mezquina con sus dones, se convierte en bazar oferente, espléndido. El mundo se desnuda insinuante y se te ofrece. También transforma a la gente. Los que antes te parecían ávidos competidores son ahora congéneres infortunados dignos de clemencia y la suerte que ha anidado en tu bolsillo se convierte en una especie de contraseña que por fin te permite mirar a los ojos a los poseedores habituales. Por eso no me inmuté cuando el cajero del banco de la calle de Alcalá me miró de arriba abajo con sospecha al ver el billete de los grandes que le ponía ante sus narices.

—Deme al menos veinte duros en monedas —le dije con altanería—. Lo demás en papel. De veinticinco y cincuenta pesetas.

Me devolvió el cambio, no sin antes toquetear las mil leandras y mirar el billete varias veces al trasluz. Si hay alguien más desconfiado incluso que la policía en la posibilidad de ascenso social son los empleados de banca. Estuve a punto de dejarle una propina para descompensarle el balance. Me conformé con salir a la calle, cruzar a la acera donde daba el sol y esperar a que su tibio calor recorriera mi cuerpo hasta encontrarse, a la altura de la ingle, con el que emanaba de las monedas recién adquiridas. Haciéndolas tintinear en el bolsillo, me encaminé hacia la Plaza

Mayor donde cogí el 31, el tranvía que acercaba a Carabanchel.

Me apeé en la placita del Hospital Militar y caminé por el paseo de Muñoz Grandes hasta la calle de Antolina Merino. Conocía la zona bastante bien porque en el cuarenta y ocho, cuando los dos Carabancheles, el Alto y el Bajo, fueron anexionados a la capital, me destinaron durante unos meses a la recién creada comisaría.

Debía buscar personas que hubieran podido conocer a Elvira de tiempos de la República y la guerra, aunque el principal obstáculo no iba a ser la edad, sino que, de encontrarlas, esas personas quisieran hablar. Sobre todo en barriadas obreras y muy castigadas como aquélla, el miedo seguía tapando las bocas como si no hubieran pasado diecisiete años desde que las tropas de Franco entraran en Madrid. Y también sus gentes habían agudizado los sentidos para la detección de policías, tal vez en un proceso de selección natural: los más torpes en la identificación de las fuerzas del orden ya habían caído de una u otra forma; los que quedaban eran capaces de reconocer a un guripa desde que se apeaba del tranvía y de transmitir esa habilidad a sus hijos. Además, para ellos y para mi desgracia, un policía nunca deja de serlo, aunque haga lustros que entregó su placa y su pistola, y el concepto de investigador privado no queda en la concepción del mundo de esas gentes muy lejos del de delator, lo que es bastante comprensible en un país cuyos guardias han escuchado a los denunciantes civiles, incluso anónimos, como si fueran jueces togados o notarios. No iba a ser fácil que alguien quisiera hablar, y menos contar la verdad, sobre una mujer condenada por roja. A estas alturas ya no sólo por solidaridad, sino porque habían aprendido a hostias que cualquier cosa que uno supiera sobre los rojos podría ser utilizada en su contra. El régimen y su policía consideraban la subversión como una pandemia, por lo que, por muy leve y fugaz que hubiera sido el contacto que alguien hubiera tenido con un subversivo, la primera suposición es que se había contagiado.

La calle de Antolina Merino era de casitas bajas y pequeñas; y corta. Eso cuadraba con mis propósitos: todos los vecinos se conocerían.

Mellaban la fila de casas un par de solares: no sé si todavía como consecuencia de algún bombardeo o por haber sido derribadas viejas construcciones para la edificación posterior. Entre los cascotes y las malas hierbas jugaban dos críos llenos de costras en las rodillas.

—¿Quién conoce al hombre más viejo que vive en esta calle? —les pregunté al tiempo que mostraba un par de perras gordas en la palma de mi mano.

El de uñas más negras se apoderó de las monedas. También tenía los nudillos abultados de mugre y cuarteados como la piel de un elefante.

—El tío Onofre —contestó.

—¡Pero el tío Onofre ya no se mete en nada, no le busca la policía! —dijo el otro.

Lo que les decía.

—¡Cállate, imbécil! —susurró apretando los dientes el que se había quedado con el dinero.

—¿Dónde vive? —volví a preguntar enseñando otros diez céntimos.

Esta vez los dos rapaces miraron la moneda y se miraron entre sí, imagino que colocando en la balanza lo que habían aprendido acerca de la delación y acerca del dinero. Para la generación de sus padres, incluso de sus hermanos mayores, la duda no hubiera existido. No se vendía a los vecinos por dinero. Pero los muchachos estaban a punto de aceptar las perras. El mundo estaba cambiando.

—¿A medias? —le preguntó a su amigo el de las uñas más negras pero esta vez sin coger la moneda.

—Vale —contestó el otro; y se aseguró—: A medias las de antes también, ¿no?

—Onofre es el de la carbonería —me dijo el primero asintiendo y le señaló con la barbilla la moneda a su amigo, que la cogió.

Se alejaron los dos sonrientes, con la misma sensación, supongo, que me embargaba a mí no hacía mucho al escuchar el sonido de las monedas en mi bolsillo. Antes de doblar la esquina y desaparecer, se abrazaron ambos por los hombros. Que Onofre se las apañara con la bofia. Ellos tenían para gastar. El mundo no estaba cambiando, había cambiado. Y todos mis razonamientos sobre la solidaridad de clase quedaban anticuados. Si quería seguir en esto de la investigación debería aprender a vivir en un país despolitizado.

La carbonería quedaba al final de la calle. Antes, pared con pared, en una vivienda igual de pequeña que las demás, había una vaquería. El olor era inconfundible. No me pregunten cómo conseguían sus habitantes convivir con las vacas en aquella casa de no más de cuatro metros de fachada y, como mucho, diez de fondo. Pero entonces todavía existían bastantes vaquerías caseras en Madrid; y gozaban de buena fama: la creencia popular era que tenían menos tiempo, y espacio, para trajinar con la leche y aguarla, costumbre más que extendida, universal. En la puerta de la lechería, sentada en una silla baja junto a la colodra en que exhibía su mercancía, estaba una mujer vestida de negro desde el pañuelo de la cabeza hasta las zapatillas. Pasaba de los setenta y los ojos tenían el aspecto del cristal blancuzco de la puerta de mi oficina: cataratas.

—Leche sin bautizar, señorito —ofreció la anciana al verme pasar.

—No he traído la lechera, abuela. Quizá otro día —le contesté. Si Onofre no podía o quería contestar a mis preguntas, lo intentaría con la vaquera—. ¿Por qué me llama señorito?

—Por cómo pisan sus zapatos de suela. No se oyen muchos en este pueblo.

El país podía estar despolitizado pero las diferencias de clase no sólo saltaban a la vista, también se oían.

La puerta de la carbonería estaba abierta. Utilizaban el zaguán como almacén. Montones de carbón de diversas calidades, incluido uno de cisco para los braseros, dejaban apenas una senda que llevaba hasta la cocina, al fondo de la vivienda. En el hogar ardían unas astillas, pero nadie guisaba o se calentaba en él. No había fogón, sólo las llamas del hogar. La capital de España, mediados del siglo xx: se decía que los soviéticos iban a lanzar al espacio un cohete que daría la vuelta a la Tierra y regresaría, y todavía cocinábamos y luchábamos contra el frío como en la

Edad Media; trébedes, morillos, pucheros y tenazas colgaban del vasar de la chimenea. La mesa para comer era de madera rotunda y exhibía muescas de todo tipo de instrumentos cortantes y punzantes. Unas escaleras, también de madera, brillantes de tan pisadas, llevaban hasta una planta superior. Extendí mis manos frente a las llamas en un gesto mecánico, probablemente prehistórico.

—¿Hay alguien? —grité.

—¡Ya va! —dijo un hombre en el piso de arriba. La voz sonó con eco: techos altos, sin cortinas, pocos muebles.

Me pareció también escuchar un par de carraspeos guturales, o engolados, que sonaban como un lamento o como la llamada de atención de un animal que no reconocí. Se los atribuí a los pulmones cansados y tumefactos del individuo que apareció en lo alto de la escalera desliando un envuelto de Ideales. Por su edad, debía de haberse fumado miles de paquetes. Menos mal que, como muchos otros, le cambiaba a los liados el papel grueso que traían de fábrica por otro comprado en librillos. La cara y las manos tiznadas le identificaban, sin duda, como el carbonero; también estaba negra la piel de sus rodillas por lo que dejaba ver el mono rasgado; andaría alrededor de los setenta.

—Vuelva al portal. Allí es donde despacho. ¿Qué necesita?

—Hablar —contesté mientras regresaba por la senda entre carbones.

—No es usted de esta comisaría.

—Ni de ninguna.

Entrecerró los ojos con gesto de miope para observarme con detenimiento. Desaparecieron de su entrecejo y de las patas de gallo las rayitas de carne blanquecina que el polvo de carbón había respetado por encontrarse en los valles profundos de sus arrugas. En la penumbra del zaguán sólo se distinguían sus ojos y dientes amarillentos. Le tendí la mano y me presenté. Onofre dijo su nombre y se disculpó con un ademán por no corresponder a mi saludo a causa de sus manos sucias.

—Hablar ¿de qué? —preguntó mientras sacaba del librillo el fino papel Bambú que convertiría el humo de sus Ideales en algo menos rasposo.

—De una mujer que fue vecina suya al final de la guerra. Antes de que la detuvieran.

—¿Para qué? —dijo sin mirarme y mientras comenzaba a liar. No se me escapó que no se mostraba interesado por el nombre de la vecina.

—¿No quiere saber a quién busco?

—A la mujer del médico. Se llamaba o se llama Elvira. ¿Para qué?

Ya sabía algo más: era la esposa de un médico. Evidentemente, si un doctor había vivido en una de aquellas miserables casas es que era tan rojo como su mujer. Para que Onofre siguiera proporcionándome información debía decidir en el acto de qué pie cojeaba él y fingir, siempre con medias palabras, estar de su lado. Si me confundía y le tomaba por lo que no era o, mejor, había sido, se cerraría en banda. Así andábamos entonces en España, arrastrando el pasado como si de la bola de un preso se tratara. Le adjudiqué la categoría de republicano basándome en que, sabiendo a quién buscaba, todavía no me había echado a patadas de la carbonería.

—Acaba de salir de la cárcel. Me han contratado para que la encuentre y la ayude —contesté sin estar seguro de haber dicho la verdad.

Onofre se sentó sobre un montón de cisco y encendió su pitillo. La brasa en la punta de la gruesa mecha del chisquero se reflejó en la capa mate de carbón que cubría sus pómulos y les dio a éstos por un instante el color de la sangre seca.

—No sé dónde está.

—¿Me lo diría?

—Si sigo aquí es por ella. —Tosió y me miró con algo parecido a la timidez, como si «seguir aquí» fuera motivo de vergüenza. Un sentimiento de culpa muy común entre los republicanos. Haber sobrevivido mientras otros caían en el camino. He leído en algún sitio, alguna publicación prohibida, claro está, que otro tanto les sucede a los judíos que lograron salir vivos de los campos de exterminio. De alguna forma, no haber caído en la lucha se considera una especie de colaboración con el enemigo. Había tenido suerte con la mala conciencia del carbonero.

—¿Quiere contármelo? —le pregunté.

—¿Cómo sé que de verdad pretende ayudar a esa mujer?

—No tengo modo de garantizárselo. Pero, créame, de querer vengarme de ella, ya estaría saciado. Aunque diecisiete años de frío, hambre, sed y piojos no me parecieran suficiente venganza, ahora ya es una vieja: lo que le queda va a ser peor que la muerte si no la ayuda alguien. Además, de querer hacerle daño la habría esperado a la salida del penal.

—¿En cuál estaba? —Y volvió a entornar sus ojillos inquisidores.

—El último, el de Cuenca.

Onofre sacudió la ceniza de su cigarrillo mientras asentía.

—De todos modos, no le voy a contar nada que no supieran ya los que la detuvieron. En todo caso me perjudicaría a mí mismo y, ya ve, eso a estas alturas me importa bien poco. Por otra parte, si pequé de algo fue de tibio. Traiga una silla de la cocina y siéntese.

Obedecí, aunque la enea del asiento brillaba de renegrida. Al volver, vi que Onofre había sacado una bota de vino de algún lugar entre carbones y empinaba el codo. Se secó los labios con el dorso de la mano y comenzó a contar.

—El médico, don Luis de Hinojosa, y su mujer se instalaron en el dos de esta calle a mediados del treinta y siete, ya bien avanzada la guerra. «De Hinojosa», aristocracia o algo así, ¿no? De buena familia, en todo caso. Se le notaba al hablar, aunque en cuanto llegaba a casa se cambiaba de ropa para parecer uno de nosotros, un obrero, quiero decir. No es que ocultara su traje y su corbata. Todas las mañanas le veíamos salir bien vestido a su trabajo en el Ministerio de Salud. Era un funcionario nombrado creo, no me haga mucho caso, por Izquierda Republicana. Pero le gustaba atender en su consulta vestido con sus pantalones y su chaleco de pana. Gratis. Para eso vino a Carabanchel, para atender enfermos de balde. Eran otros tiempos. Su mujer, Elvira, daba clase de gramática en el ateneo por la noche. Yo acudía, la mujer sabía enseñar.

—Habla usted muy bien.

—No me joda. ¿Cree que me hace falta su peloteo? Estoy contando porque necesito contar. Se me han estado pudriendo las palabras todos estos años.

—Perdone.

—Y me importa una mierda si, al final, es usted policía. No tiene que hacer méritos conmigo. Escuche si quiere, y si no, váyase a tomar por el culo.

—La vamos a encontrar y la ayudaremos. Siga, por favor.

—Los dos, don Luis y doña Elvira, pudieron haberse salvado o haberlo intentado por lo menos. Pero se quedaron. Sabían desde mucho antes que la guerra estaba perdida, pero en abril del treinta y nueve seguían en su casa.

—¿Por qué está usted tan seguro de que ellos sabían?

—En el treinta y ocho sacaron de este infierno a su hija.

—¿Cómo, cómo, cómo? Sé que en el veintinueve o así tenían un niño de teta, los vi empujando un carrito en una foto, pero creía que era varón.

—Una chiquilla. La mandaron por ahí con unos familiares o amigos o algo así, no me pregunte adónde.

—Siga, por favor.

—Elvira era comunista. Supongo que eso fue de lo que la acusaron en el juicio, ¿no? —Me encogí de hombros. Onofre continuó—: La noche en que les cogieron no venían sólo a por ellos. Andaban de caza en general. A cazar rojos en un barrio de rojos. La primavera acababa de llegar y el invierno había sido frío: me gustaba disfrutar de las noches cálidas echándome un cigarro en la calle antes de irme a acostar. Y allí estaba yo, en la esquina con Muñoz Grandes, fumando, cuando aparcaron los camiones justo a mi lado. Llevaban todos correajes de faena encima de las camisas azules.

—¿Por qué no estaba usted escondido?

—La guerra había acabado hacía unas tres semanas y yo ni siquiera había sido combatiente. Todo mi delito había consistido en aprender a leer y escribir en el ateneo. En toda mi vida no he hecho otra cosa que vender carbón. Y me detuvieron igual. Después de arrearme unos cuantos culatazos, me pusieron de cara a la pared mientras iban subiendo a los pisos y trayendo más gente. La historia de muchos, vamos. Y de muchos que no han vuelto. Nadie podía imaginar que, además de ganar la guerra, quisieran cebarse en nuestras barriadas. Incluso los más luchadores estaban agotados. Desarmados no supondrían ya ninguna amenaza. Pero no, necesitaban asegurarse. A golpes me subieron al camión. Y desde allí vi cómo traían hinchados a golpes al médico y a su mujer. Uno de los mandos gritaba que les habían encontrado pasquines y una pistola. Fue de cagarse. Los falangistas echaban espuma por la boca. Todas las luces de las casas se habían apagado y la oscuridad era casi total. Empezaron a golpear a todo quisque para que les hiciéramos un hueco a don Luis y su mujer. Me zafé para ayudar a Elvira a subir al camión. Aunque ella levantaba el brazo, el antebrazo le colgaba muerto; lo tenía roto. No me fijé en que los falangistas se estaban divirtiendo con las dificultades de la mujer para subir. Cuando la cogí por los sobacos uno de ellos me puso una pistola en la sien. Estoy seguro de que hubiera disparado si doña Elvira no hubiera empezado a gritar como una loca: «¡Tú, Onofre, tú nos has denunciado! ¡Siempre he sabido que eras un fascista!». Y otras cosas por el estilo. El que mandaba más me preguntó si era verdad lo que decía la roja.

Onofre se calló. Tuve la impresión de que había olvidado que yo estaba escuchando. Se miraba las abarcas.

—¿Me da un poco de vino? —le pedí para sacarle de sus recuerdos. Me escuchó, pero no me hizo caso. No sé qué hubiera hecho de haberme ofrecido la bota. Se suponía que yo era abstemio. Pero conseguí sacarle del laberinto de tinieblas en que debían haberse convertido sus recuerdos.

—Dije que sí, que yo les había denunciado. El mando quiso asegurarse. «Si tantas ganas le tienes, dale una hostia a la puta», me ordenó. La mujer sólo intentaba salvarme. Supongo que por ser su alumno, no sé, conocía a todos los demás detenidos como a mí, también eran sus vecinos. Y aunque intentaba salvarme empecé a darle hostias y de verdad. Con los puños, con los pies… Le partí el labio o ya lo traía roto, no estoy seguro. El caso es que empezó a sangrar por los morros como un gorrino. Don Luis se me echó encima y también le partí la cara. No vale la pena contar más detalles. Me bajaron entre risas de la caja del camión y me dieron una botella de coñac para que echara un trago. Estaba a salvo. Debí beberme media botella. Me la arrancaron de las manos y se subieron todos a los camiones, que se dirigieron hacia General Ricardos. No sé ni cómo llegué a casa de lo que me temblaban las piernas.

A la mañana siguiente, cuando me contaron que el cadáver del médico había amanecido en medio de la calle, recordé que antes de atrancar la puerta había escuchado muy claramente el disparo.

Onofre abrió los brazos y me mostró la palma de sus manos para indicarme que no había más.

—Si la encuentra, le dice usted que gracias —añadió.

Recuerdo que pensé que había resultado todo demasiado fácil. No quiero decir que dudara de la historia: la había expuesto con corrección probablemente porque se la había repetido a sí mismo muchas, demasiadas veces. Pero yo no solía tener tanta fortuna.

—¿Hay alguien más en la calle que conozca esa historia?

—Soy un hijo de la gran puta, pero no la he ido repitiendo por ahí.

—Claro. De los que se llevaron aquella noche, ¿no ha vuelto nadie?

—A verme no.

—¿Conoce usted a una tal María Delgado?

—No, creo que no.

—¿Y se acuerda de cómo se llamaba la hija de Elvira?

—Tampoco.

—Es igual. Me ha ayudado usted mucho.

—No le he dicho nada que le sirva para encontrarla.

—Pero ahora me puedo hacer una idea de cómo es ella.

Anoté el número de teléfono del bar de debajo de casa en una hoja de mi libreta y se la di:

—Si hace usted el favor, llámeme a este número si aparece Elvira. Me darán el recado.

Cuando me puse en pie, Onofre volvía a alzar la bota. Me detuve en el umbral para abrocharme el abrigo mientras echaba otro vistazo a la calle.

—¿Sabe usted qué diferencia esta época de la de entonces?

No me giré. Supe que el carbonero estaba hablando para sí mismo. Aunque en ningún momento de la conversación pareció borracho, la bota enterrada en el carbón indicaba que la necesitaba siempre cerca. Le ayudaba a castigarse, a buscar mil y una formas de castigarse. Esperé de espaldas.

—Se lo voy a decir de todos modos, porque seguro que usted no se ha fijado. No es que ahora se respete más a la patria o a Cristo. Ni tampoco que reinen la paz y el orden de los cementerios. No. Las dos épocas se diferencian en que antes los ricos hacían las cosas por dinero, cualquier cosa, asesinatos y matrimonios, guerras y pactos, mientras que los pobres de todas las épocas se han enfangado y dejado matar por mil y una ideologías bondadosas. Hoy ya no: los ricos siguen matando y casándose por dinero y los pobres… también.

Soltó una carcajada beoda.

—Tenga cuidado y acuérdese de eso mientras busca. Puede que le salve la vida. Por dinero se hace cualquier cosa.

Volvió a reír. Probablemente seguía riendo cuando llegué a la parada del tranvía.

Demasiado fácil, pensé de nuevo mientras cogía el tranvía hacia el centro.

Para mi siguiente paso, preguntar entre los mendigos

que vivían en los márgenes del Manzanares, debía ir primero a casa y cambiarme de ropa, mimetizarme. También aproveché para echarle un ojo a los ejemplares atrasados de *El Caso* y estudiar cuanto hubieran publicado de las indigentes asesinadas. Habían sido cuatro, todas mujeres, de una edad similar, entre los cincuenta y cinco y los sesenta, y sin ninguna relación aparente entre ellas. Según el semanario, la policía ni siquiera podía asegurar que los asesinatos fueran obra del mismo hombre; eso sí, se sabía que eran uno o varios hombres. Y que usaban pistola. Nada más.

4

Para hacer tiempo hasta que anocheciera, me apeé del tranvía en Pirámides, justo donde la Coca-Cola. Me gustaba, siempre que podía, echar un rato mirando la nueva nave embotelladora de ese refresco: contemplaba fascinado a través de los amplios escaparates cómo avanzaban las botellas por la cinta transportadora hasta llegar a una ubre veloz que las llenaba del líquido oscuro para pasar luego a la taponadora, que ajustaba las chapas con un golpe seco y una precisión milimétrica. Y prácticamente sin operarios. Era la primera cadena de montaje que había visto en mi vida y no dejaba de admirarme. Que la hubieran construido dentro de la ciudad y con las paredes de cristal indica que mi fascinación, y la de tantos otros, había sido guiada por los directivos de la marca. Gustaba yo creo, aparte de por la novedad, por lo que significaba de modernización del país. Ya podías tomarte al sur de los Pirineos una *coca* como Elvis en sus películas. Siempre que te lo pudieras permitir, claro: una botella de Coca-Cola costaba tres veces más que otra de gaseosa corriente y moliente. No hay que decir que sólo la había bebido una vez y por probar.

Desde Pirámides crucé el Manzanares por el puente de Toledo y caminé en paralelo al río por Antonio López hasta el puente de Praga. Había decidido comenzar mis pesquisas allí porque dos de las víctimas habían muerto bajo ese puente. Empezó a lloviznar cuando el sol se puso. No recuerdo de dónde venía el viento pero, a pesar del frío, hacía que el Manzanares oliera peor de lo habitual. A los pocos minutos nevaba. Me venían bien tanto la lluvia como la nieve para presentar un aspecto lo más desastrado posible. Con esa intención había dejado en casa mi dos cuartos de cuero y me cubría sólo con una chaqueta tan vieja que ya la había llevado a dar la vuelta. Era entonces una práctica habitual con americanas y abrigos. Se le llevaba la prenda a un sastre, que le quitaba el forro y sacaba lo de dentro fuera; de ese modo podía aprovecharse algunas temporadas más. Se notaba, claro: después del arreglo, en las americanas el bolsillo superior quedaba a la derecha y, tanto en americanas como en abrigos, la botonadura a la izquierda. Además, con tanto uso y sin forro la prenda quedaba tan fina como papel de fumar y no abrigaba. No me importaba: aterido parecía un mendigo más auténtico. Con un poco de suerte, a la primera mirada los indigentes me considerarían uno de los suyos. Si eso no funcionaba, les enseñaría mis sabañones. Los billetes me habían sacado de la miseria pero no habían curado mis sabañones.

Bajo el puente de Praga mendigos de ambos sexos se reunían alrededor de las hogueras. La escena recordaba algunas ilustraciones del infierno. Superpoblación —había personas en cada hueco que miraras—, fuego, odio y terror en las miradas. Algunos parecían también sorprendidos, con esa sorpresa resentida que muestran algunos Adanes y Evas pintados en el momento en que Dios o un ángel espada en mano les expulsa del Paraíso. Me chocó que la mayoría estuviera sonriendo. Hasta que me di cuenta de que no eran sonrisas los gestos que dejaban ver sus dentaduras; era el frío, que les contraía los músculos del rostro. Más tarde comprobaría que algunos habían perdido hasta tal punto el control facial que ni hablar podían. Por otro lado, decir «dentaduras» es una forma haragana de describir lo que había tras aquellos labios. Espacios negros entre dientes negros mostraban la mayoría. Y si he utilizado la palabra «sabañones» para describir los míos, sería necesario inventar otra, superlativa, para nombrar los tremendos bultos rojos, brillantes de puro tensos, que crecían bajo la piel de aquellas personas en dedos y orejas. Cuando me acerqué lo suficiente vi algunos del tamaño de avellanas. El prurito y el dolor que les acompañan debían ser insoportables. En algunas hogueras había boniatos asándose; pero ni ese olor tan aperitivo conseguía imponerse al de la suciedad húmeda. Hedía. Cuerpos sin asear puede que en meses, ropa sin lavar desde el verano y el suelo alfombrado de basura. Los que ya estaban acostados demostraban que, entre los privilegiados, la cama era una gastada manta del ejército extendida sobre los desperdicios; otros ni manta: sólo delgadas y agujereadas sábanas les separaban de la mierda por debajo y del frío paralizante alrededor. Algunos habían escarbado en la porquería, que incluía excrementos humanos y animales, para fabricarse un lecho hundido y, supongo, más abrigado. Puede que hubiera entre setenta y cinco y cien personas de todas las edades y en todos los grados de la inanición, desde el raquitismo infantil hasta la caquexia de los que sumaban a la desnutrición alguna otra enfermedad consuntiva. Y eso en el país que hacía del embotellamiento de la Coca-Cola un espectáculo, en el país que había dado por terminada oficialmente la posguerra, el período de autarquía, y en el que los tecnócratas del Opus llevaban ya en sus carteras planes de desarrollo y sistemas de explotación menos descarados. También decían que antes de que terminara el año tendríamos televisión. Muchos de los que vivían allí ni siquiera sabrían qué significaba la palabra. Por hacer alguna comparación, en Brasil la televisión emitía con regularidad desde tres años atrás.

Alrededor de la fogata que había elegido para romper el hielo se reunían dos hombres de edad indefinida, ambos con trapos enrollados alrededor de la cabeza y del cuello de tal modo que apenas dejaban ver sus ojos y algunos pelos de barba en los pómulos, y un o una adolescente, no se podía saber porque cubría su identidad con un abrigo de adulto que le llegaba hasta los pies y con una capucha hecha de un saco de azúcar que le caía hasta media nariz. Era una visión medieval y hasta podías esperar que cuando se despojaran de los trapos surgieran las llagas de la lepra. Sobre nosotros, las junturas del puente crujían al paso de un tranvía o un trolebús o un autobús con la velocidad del progreso. Algunos desconchones cayeron del cielo raso del puente. Ninguno desvió su mirada fija en el baile de las llamas.

Aunque sin dejar de mirar la fogata, los mendigos contestaron educadamente a mi saludo. Era algo que me chocaba siempre en las películas americanas: la hosquedad de la gente y, en especial, de los desahuciados. Aquí en España no, aquí seguían siendo amables por mucha ingratitud con que la vida les hubiera tratado. Y si aquellos tres no me ofrecían boniato asado era porque no tenían. Quizá luego intentaran quitarme las perras con una navaja desportillada pero saludar, saludaban. Entré en materia.

—¿No tienen miedo ustedes del matón ese que anda suelto?

Me miraron como si hubieran visto a un imbécil. Tras unos segundos de silencio, el niño o la niña miró a uno de los hombres, en el que percibí un mínimo gesto de asentimiento.

—Sólo mata mujeres —dijo el chaval, definitivamente chaval.

—Hasta ahora —dije yo—. De esos locos no puedes fiarte. Y menos si llevan pistola. ¿Conocían ustedes a alguna de las mujeres que ha matado?

De nuevo el silencio. Me percaté de que el muchacho, sin mover la cabeza, alzaba la mirada de vez en cuando hacia el adulto que antes le había autorizado. Por fin, éste volvió a asentir mínimamente.

—Una limosna —dijo el crío.

Sospeché que estaba sirviendo como presa de entrenamiento para el chaval. El adulto le estaba educando a mi costa. Cómo sacarle dinero a uno que se hace pasar por desgraciado.

—Antes debería estar seguro de que ustedes saben algo —dije yo.

—En mi pueblo fui ojeador —dijo el hombre.

—Diez pesetas. —Y, aunque no tenía ni idea de lo que

54

había querido decir el ojeador, saqué de mi bolsillo dos monedas de a duro y las mostré. Esperaba que ojeador significara observador, muy observador.

—Ese hombre no va de montería. —Y señaló con los ojos la mano extendida del crío. Deposité el dinero en esa bandeja con las rayas bien marcadas por la negrura de la miseria. Habría sido fácil leerle el futuro.

—Siga —le ordené al hombre.

—No mata al azar. Ese cazador busca alguna pieza que conoce.

—¿A quién? —pregunté.

El hombre se encogió de hombros.

—¿Alguna de las mujeres que viven por aquí se llama Elvira?

Ni me miraron.

—Debe tener unos sesenta y acaba de llegar. La busco para ayudarla.

Nadie me contestó. Cuando ya me giraba para marchar, el hombre que no había hablado dijo:

—Habla con ellas.

—¿El asesino? ¿Con quién, con las mujeres a las que mata?

—Habla antes con ellas —asintió—. Nadie sabe de qué, pero le han visto de lejos, las para y habla. Como si estuviera buscando.

Asentí a modo de agradecimiento y me marché. Por el rabillo del ojo vi cómo el muchacho entregaba al último que había hablado mis diez pesetas. No cruzaron palabra alguna ni se movieron. Como si yo hubiera sido un fantasma habitual que, en lugar de cadenas, hacía sonar monedas.

Bajo el puente de Toledo me fue peor. Allí me confundieron con un policía y todo fueron sonrisas miedosas y frases de exculpación. Solamente al final se me acercó una anciana andrajosa. Sus arrugas parecían pintadas con carboncillo. Cuando hablaba, su nariz ganchuda y la barbilla en anzuelo estaban a punto de tocarse, como la garra de un mochuelo. No tenía menos de setenta años.

—Pareces honrado —me dijo.

—Procuro serlo.

—No conozco a Elvira, pero sí al asesino. Me despreció. Busca a alguien más joven que yo.

—¿Cómo lo sabe?

—Ayer. Me cogió por el hombro y me dio media vuelta para mirarme la cara. Al ver lo vieja que era, con un empujón me sentó en el suelo.

—¿Cómo sabe que la despreció por vieja?

—Vio a Hortensia y fue tras ella.

—¿Quién es Hortensia?

—Vive aquí también. O vivía. Nadie la ha visto desde que ese hombre la siguió. Debe tener unos cincuenta y tantos. Con el pelo largo, muy bonito.

—¿Cree que la ha matado?

—Nadie la ha encontrado. Todavía. Una limosnita, por el amor de Dios.

Me sentí satisfecho por haber sabido prever las circunstancias y haber cambiado en el banco lo suficiente. Le solté otros dos duros.

—¿Conocía usted a alguna de las muertas?

—Ninguna se llamaba Elvira. Una limosnita, por el amor de Dios.

No hubo forma humana de sacarle nada más. Excepto lo de la limosnita. Le pregunté sobre el aspecto del hombre que la había interpelado, por qué le consideraba el asesino, su edad, su atuendo, su acento. Nada. Terminé dejándole otro duro en el halda que ella extendía y cogí la calle de Toledo para volver andando a casa. Cuando iba a llegar a la plaza de la Cebada, como un fantasma, sin que yo supiera por dónde me había alcanzado, volvió a surgir la abuela.

—Pareces honrado.

—Ya me lo ha dicho usted antes. —Debía ser una fórmula para ablandar corazones. Pensé que se estaba quedando anticuada: no van quedando muchos a los que les halague ser tomados por honrados—. Dígame algo que yo no sepa.

—Ten cuidado —dijo. Movía la cabeza a un lado y a otro con rapidez, como una lechuza; tenía miedo—. Es un hombre pero en realidad son muchos. Nadie te va a decir nada. Pueden matar sin miedo a la justicia.

—¿Qué quiere decir usted, que es policía?

Pero ya había desaparecido en las sombras como si fuera parte de ellas. Y lo era. Las sombras que Madrid iba dejando en su progreso. Las luces las encontré al llegar a los aledaños de mi casa. Luces y ruidos. Sonaban los cánticos de los nuevos ricos provincianos borrachos por las aceras iluminadas por las farolas y los neones de la Gran Vía. Y bajo los focos del Pasapoga relucían los esmóquines y las lentejuelas de ricos y mantenidas que esperaban a que sus chóferes acercaran los grandes coches americanos que, tras la cena y el baile, los llevarían a sus niditos de amor por los altos de Chamartín.

5

Me alegró que, a la mañana siguiente, mi primer pensamiento al despertar fuera sobre el caso. No había avanzado mucho, pero tenía un caso. Llevaba demasiado tiempo despertando sólo para repasar los errores cometidos desde que tengo uso de razón. Me alegré también al comprobar que me apetecía vestirme y bajar a comprar los periódicos. Y de que, por una vez, no me doliera separarme de las monedas que costaban. Podría considerarse una alegre mañana si no fuera porque una mujer había desaparecido y yo debía encontrarla. Pero para eso había abierto despacho, para tratar con la tristeza. Mi obligación era no dejarme tentar por ella. Al contrario, ya digo, debía mantenerla lejos. Sólo así podría ser honrado con mi cliente. Y había empezado con buen pie.

Decidí traicionar a la taberna en la que me cogen los recados telefónicos y desayunar café con un suizo mientras leía la prensa en la cafetería California, en la misma calle de la Salud. Otra forma más de subirme al carro del progreso. Las cafeterías se estaban poniendo de moda. No más huesos de aceituna y valvas de mejillón en el suelo. Higiene y nombres exóticos. Y plástico.

Mientras bajaba silbando las escaleras repasé lo que había recogido hasta la fecha. La mendiga había dicho que el asesino la había despreciado para seguir a una tal Hortensia, más joven, de unos cincuenta y tantos. Creía a la abuela, pocas cosas debían escapar a su mirada de mochuelo: en mi mente ya sumaba Hortensia a las otras cuatro víctimas. Quería ver en los periódicos si se cumplía mi previsión. Aunque ése no era mi trabajo. De mi trabajo, de Elvira Nicuesa, lo único que había descubierto era que el carbonero la consideraba una buena persona. De todos modos, por la forma en que mi cliente, María Delgado, había hecho alusión a los puentes del Manzanares, no debía despreciar la posibilidad de que Elvira estuviera viviendo entre los mendigos y, por tanto, expuesta a la muerte. Ésa era otra cuestión, la misteriosa María Delgado. Tenía la certeza de que sabía mucho más de lo que me había contado y, por tanto, de que debería apretarle las tuercas para hacerme con todos los datos. No dudaba de su afán por hallar a Elvira, de otro modo no se hubiera tomado tanto interés en contratarme, pero sabía por experiencia que el miedo hace que las personas callen y ella tenía miedo. A ser identificada, para empezar. Por eso acudió a mi despacho de noche y después de quitarse la alianza. Mi siguiente paso debería ser darle la suficiente confianza a María para que me creyera capaz de protegerla y hablara con libertad. Mientras bajaba las escaleras comprendí también que deseaba volver a verla. Avanzara o no avanzara la investigación.

Ni el *Abc*, ni el *Arriba* traían noticia alguna sobre muertes violentas, ni en el Manzanares ni en ningún otro sitio. Ni siquiera había sido la noche de cuchillos largos con la que habían amenazado el día anterior los falangistas. Sin embargo, Santos trajo diferentes nuevas.

—No me lo podía creer cuando le he visto a usted por la vidriera —dijo mientras se quitaba el abrigo—. Desayunando en California y con suizo y todo.

—¿Quieres uno?

—¿Tenemos un caso que nos permita el dispendio?

—Yo tengo un caso. Tú un suizo si quieres.

—Prefiero algo más contundente. Un pepito de ternera, si no le importa.

Le pedí el bocadillo y, mientras lo devoraba, le puse al tanto. Mi contratación, las primeras pesquisas…

—¡Coño! ¿No me diga que está usted interesado en lo de las mendigas?

—¿Sabes algo?

—Vengo de la redacción de *El Caso*. Esta vez no ha matado a nadie, pero lo ha intentado.

—¿Le han pillado?

—Ni siquiera tienen una descripción. La mujer se recupera en un hospital. Lleva un tiro en el hombro.

—Ella sí le habrá visto.

—Puede. Lo que hace falta es que se lo pregunten.

—¿Qué inspector lleva el caso?

—Beltrán. Pero es lo mismo. No mostrarán más interés que con las anteriores; menos si cabe, porque ésta no ha muerto. Ni siquiera dicen que se trate de un asesino de mendigas. Prefieren hacernos creer que son los indigentes que se matan entre sí. Aun así, cuando consiguen algún testimonio lo desvirtúan porque el testigo está borracho o hambriento y no le consideran con la cabeza en su sitio.

—Beltrán siempre fue honrado.

—No es cuestión de honradez personal. Son órdenes. A los mandos de la policía no les importaría que acabaran a tiros con todos los que duermen bajo los puentes.

—¿Sabes si la mujer herida se llama Hortensia?

—Ni idea.

—¿Cómo te has enterado? Los periódicos no dicen nada. —Se me había ocurrido una idea.

—Y dale. Lo saben. No lo han considerado importante. Pero en *El Caso* quieren que dibuje a un hombre enmascarado que surge de los pilares de un puente y dispara sobre una especie de bruja con verrugas en la nariz.

—Vamos a averiguar dos cosas de una tacada. La primera hasta qué punto mi cliente está informada; la segunda, quién es y dónde vive.

—¿Cómo?

Le di instrucciones a Santos para que se quedara en mi despacho: si María Delgado hablaba con conocimiento de causa cuando me insinuó que Elvira podría estar bajo los puentes, quizá tuviera también modo de enterarse de lo que pasaba allí. Se notaba que tenía suficiente dinero como para estar bien relacionada y por tanto informada. Como los periódicos callaban, Madrid era un mercado negro de información. Las buenas familias tenían periodistas en nómina. Hasta yo tenía una especie de periodista en una especie de nómina. Una cosa es que el poder prefiera la desinformación de la gran mayoría y otra muy diferente que los círculos de poderosos no necesiten la verdad: la verdad es imprescindible para tomar decisiones. Por eso procuraban estar al tanto de todo. Si mi cliente pertenecía a esos círculos privilegiados, se presentaría en mi despacho para informarme de que el asesino había actuado de nuevo o para saber si mi menda había reaccionado. La misión de Santos sería decirle que yo estaba trabajando y luego seguirla hasta averiguar su domicilio o cualquier otro aspecto útil para el caso. Santos estuvo de acuerdo. Él subió a mi despacho a esperar a María Delgado y yo me dirigí caminando hasta la comisaría donde trabajaba el inspector Beltrán.

Beltrán y yo habíamos prestado servicio juntos cuando él todavía era subinspector. Y no en un caso cualquiera: me ayudó a detener al asesino de mujeres que aterrorizó Madrid a finales del cincuenta y principios del cincuenta y uno, el caso que, como ya he dicho, me dio una fama fugaz. No tenía por qué dudar de su honradez. Al contrario, en aquella ocasión se jugó el puesto, y puede que hasta el pellejo, al confiar en mí y amenazar con la pistola a su propio comisario, a la sazón el asesino que buscábamos, como posteriormente demostramos. Es verdad que quedó un poco resentido cuando me nombraron comisario —él esperaba ser el elegido—, pero si sabía algo sobre los asesinatos de mendigas me lo diría, incluso si no los estaba investigando porque los mandos consideraran el asunto menor o intrascendente.

—Me preguntaba cuándo te vería aparecer por aquí —dijo Beltrán muy teatral, sin levantar la vista del folio que estaba mecanografiando y sin dejar de teclear, cuando entré a la sala de inspectores de la comisaría. Paredes que habían sido verdes hasta media altura y blancas de ahí al techo eran ahora de dos pardos diferentes y estaban cuajadas de manchas de todo tipo, principalmente de líquidos arrojados contra ellas. Cafés que los detenidos habían logrado esquivar; vómitos que los detenidos no habían podido contener; las más oscuras probablemente de sangre. La sala de inspectores de siempre. Estrechos pasillos entre las mesas metálicas verdes con encimeras de cristal, sillas inestables, desencoladas o rotas, máquinas de escribir negras y tipos con camisa blanca cruzada por los correajes de cuero que ajustaban al cuerpo las pistoleras.

«Me preguntaba cuándo te vería aparecer», había sido su saludo. No estaba mal pero tampoco era un gran comienzo. Nada de «cómo te va», ni de bromas sobre nuestro pasado común. Al parecer me esperaba sin emoción alguna. Puede que fuera una pose de policía duro pero al tiempo indicaba que, por alguna razón, sabía que iría a verle.

—¿Por qué estabas tan seguro de que tarde o temprano aparecería? —le pregunté mientras cogía una silla con sólo medio respaldo y me sentaba frente a su escritorio.

—Has estado husmeando en los puentes —dijo, de nuevo sin levantar la vista.

—Si nadie más lo hace…

Sacó del carro de la máquina el folio, lo firmó y lo puso en la bandeja de salida. Sólo entonces me miró. Me fijé en que llevaba un traje de calidad y cortado a medida.

—Por eso te esperaba: sabía que, de una forma u otra, vendrías a decirme que no estamos cumpliendo con nuestro deber.

—No he dicho eso.

—Siempre el mismo Héctor. O no, al contrario, un

Héctor diferente, avejentado, obsesionado con alcanzar de nuevo la gloria. Lástima que, aunque se repitiera, no podrías ya alardear delante de tu mujer. Te dejó, ¿verdad?

—Tú también has engordado.

Sonrió con lo que quería ser sarcasmo y se quedaba en pura tristeza con un ribete de cansancio.

—Y antes me llamabas de usted —añadí.

—Precisamente. Cuando eras alguien. Hablo en serio, don Héctor Perea. Sabía que te estabas muriendo de hambre en tu oficina de mierda. En cuanto empezaron a morir mujeres supe que te vería el día menos pensado. Quieres volver a coger a un asesino de mujeres. Me recuerdas a esos que enseñan pecho y vociferan por ahí clamando por un nuevo treinta y seis. No se tienen todos los días momentos de gloria, ¿verdad?

—No quiero coger a ningún asesino. Ése es tu trabajo. Sólo busco a una mujer —le solté sin pensar, contraviniendo mi estrategia, que era sonsacarle lo máximo posible sin soltar prenda. Pero Beltrán sabía cómo sacarme de quicio.

—No hay ningún asesino que coger. Mejor dicho, hay varios —hablaba con un tono cansino—. A las mujeres las matan porque no entregan todo lo que han mendigado o se guardan parte de lo que han recaudado puteando o, al contrario, porque no putean o porque no se dejan. Hay miles de razones para matar a una mujer bajo los puentes.

—En este caso todas han muerto de disparos. Apuesto a que ni siquiera les habéis echado una ojeada a las balas. Y hay otro detalle que no cuadra con los asesinatos aleatorios. Han muerto todas en un período de tiempo muy corto. Sabes que el azar no se reparte así.

—El primero fue el veintisiete de enero, hace justo dos semanas —dijo y luego sacó una carpeta de un montón que tenía a su izquierda—. Pero en el cuarenta y cuatro, en diez días se cometieron seis asesinatos en toda la ribera del Manzanares, mujeres y hombres. Y en ocho días del cuarenta y siete fueron tres, en este caso todo muertas. Y a finales del cuarenta y ocho...

Siguió con sus estadísticas, lo que significaba que había pensado sobre el asunto y mirado en los archivos. Dejé de escucharle. Se había preparado su defensa. ¿Por qué? Y había algo más. Detecté en sus palabras una relación con significado, algo importante, aunque de golpe no supe qué.

—¿A quién buscas?

La pregunta interrumpió mis pensamientos. Por lo visto, había terminado con sus datos y exigía información a cambio.

—Tal vez a la que habéis encontrado herida esta mañana —le dije—. ¿Dónde está?

Sabía que no me iba a contestar, sólo pretendía ganar tiempo.

—Hagamos una cosa —propuso—. Tú me dices el nombre de la que te interesa y yo te digo si es la herida o alguna de las muertas. Seguro que no sabes ni eso.

No, no lo sabía pero había encontrado la relación que me había puesto en guardia. Según Beltrán, de los asesinatos «el primero fue el veintisiete de enero, hace justo dos semanas». Según María Delgado, mi cliente, Elvira había salido de la cárcel «el veintiséis de enero, hace justo dos semanas». Un día de diferencia, las mismas dos semanas. Los asesinatos de mendigas habían comenzado un día después de que Elvira fuera puesta en libertad. Quizá no significaba nada. Sin embargo, María Delgado, como sin querer, me había dirigido hacia los puentes. Quizá sí significaba algo.

—¿No me quieres decir a quién buscas? —preguntó Beltrán con una sonrisa y continuó con lo que él llamaría ironía—. Te recuerdo que la ley te protege y no tienes por qué decirme el nombre de tu cliente, y aun así podría sacártelo a hostias, pero estás obligado a declarar el caso en el que andas, eso no puedes callártelo.

—Perdona, se me ha ido la cabeza un momento. Avejentado, como has dicho hace poco. Sigamos negociando, me gusta tu estilo, me gusta que no te empeñes en sacármelo a hostias. Te doy el nombre de la mujer a quien busco si tú me das lo que tengáis sobre ella en los archivos.

—¿De qué pie cojea para que creas que la tengamos fichada?

—¿Es necesario ser cojo para eso?

—De acuerdo.

—Elvira Nicuesa. Detenida en abril del treinta y nueve. La han puesto en libertad en la cárcel de Cuenca. Hace justo dos semanas.

Observé con atención por si había alguna reacción a la coincidencia pero, si la hubo, Beltrán no la dejó ni entrever. Había aprendido mucho; se aprende rápido a fingir.

—Bajo un momento a los archivos.

Cuando desapareció eché una mirada más sosegada a

la gran sala de detectives. Uno de los hombres me miraba y sonreía. ¡Coño, Ramírez! Un subinspector que trabajó con nosotros en el cincuenta y uno. Me levanté a saludar, nos dimos la mano e intercambiamos las frases rituales. Después:

—¿Le está tratando a usted bien? —preguntó Ramírez a propósito de Beltrán.

—No en su estilo. Parece agrio, amargado.

—Ya no es como antes —dijo Ramírez asintiendo—. Cada día está más resentido porque no le ascienden.

—Aun así, le han debido subir el sueldo: viste muy bien.

—En eso no me meto —dijo Ramírez y simuló enfrascarse en la lectura de un informe. Siempre había sido el subinspector de los de nadar y guardar la ropa.

—¿Me harías un favor?

—Depende.

—Como tarde o temprano te dirá Beltrán, ando tras el asesino de mujeres —mentí—. Si me das una información, estarás conmigo cuando lo encuentre.

—Si no tengo que moverme, delo por hecho.

Ramírez quería decir si no tenía que investigar, si podía mantener el culo a salvo y apuntarse después el tanto.

—No tiene ningún riesgo. Sólo quiero saber dónde habéis llevado a la mujer que intentaron matar ayer.

—Está en el Clínico.

—¿El de Atocha?

—No, hombre, no. Ahora lo han trasladado a la Ciudad Universitaria —dijo Ramírez mientras miraba con nerviosismo la puerta por la que debería entrar Beltrán.

—¿Cómo se llama ella?

—No sé, no me acuerdo. Hortensia no sé qué.

—Gracias —le dije mientras volvía a la mesa de Beltrán—. Tendrás tu parte si cojo a ese asesino.

Hortensia No Sé Qué. La abuela de las sombras tenía razón. A ella la había despreciado para seguir a Hortensia. La abuela había visto al asesino. Después de pasarme por el Clínico iría a buscarla. Tuve que recordarme una vez más que el asesino no necesariamente formaba parte de mi caso. Tal vez Beltrán tuviera más razón de la que me gustaría darle. Tal vez era verdad que quería recrear mi momento de gloria y por eso me empeñaba en unir los dos asuntos: la búsqueda de Elvira Nicuesa y los asesinatos de las mendigas. Nunca se sabe por dónde busca tu cabeza una salida mientras sufres o mientras duermes. ¿De verdad me sentía tan poca cosa?

Beltrán me sacó de esa introspección chapucera. Entró sacudiéndose el polvo de las manos y se sentó de nuevo tras su escritorio.

—Un angelito tu Elvira. Si la buscan es para matarla o para esconderla. ¿Qué te han dicho a ti?

—No trabajaría si mis clientes quisieran vengarse. ¿Tan bicho es?

—Supongo. En el treinta y nueve la reconocieron como miembro de una checa aquí en Madrid. Comunista y de las de «adelante», de las que no querían morir de rodillas.

Silbé de asombro. La buena maestrita nocturna que me había presentado el carbonero desempeñó durante la guerra un trabajo diurno y de los considerados sucios.

—Por eso fue condenada —añadió Beltrán.

—Pero no a muerte.

—Parece ser que el testigo no quiso cebarse y la identificó como escribiente nada más.

—O sea que no le probaron delitos de sangre.

Beltrán se encogió de hombros. No era un dato menor. Si nadie la había acusado de delitos de sangre, nadie tenía por qué buscarla para vengarse después de tantos años. Siguiendo el mismo razonamiento, nadie tenía tampoco por qué protegerla. Había pagado. ¿Para qué la buscaba entonces mi cliente?

—Gracias —le dije a Beltrán con ánimo de irritarle—. Te voy a devolver el favor. Si de verdad quieres coger al asesino, piensa primero que es un asesino, un solo hombre, no rencillas entre desahuciados. Y piensa en la edad de las mujeres asesinadas. No son putas que no entregan todo lo que ganan. Sin haber visto el expediente sé que todas tienen alrededor de los sesenta. Hay un asesino y sólo las quiere de esa edad. Intenta cazarlo sin estropearte el traje. ¿O es que tienes ese traje precisamente porque obedeces siempre?

Quería exasperarle y lo conseguí.

—¡No te metas en esto! ¿Me oyes? —gritó—. ¡No te metas en esto o hazte con una pistola! Si sigues metiendo cizaña, no dudaré en dispararte.

Me alejé de su mesa antes de que intentara ponerme las manos encima. Al salir miré de reojo: el subinspector Ramírez contenía la risa que le provocaba el rostro congestionado de su inspector. Sin embargo, a mí no me hacía ninguna gracia: la amenaza no me sonó a bravata.

6

Antes de ir al Clínico decidí pasar por casa: quería saber si María Delgado había intentado ponerse en comunicación conmigo. Necesitaba algunas verdades, para empezar. Y toda la verdad para continuar.

La conversación con Hortensia no sería necesaria si María Delgado había acudido y la encontraba en el despacho o si Santos la había seguido y podía darme su dirección. En realidad, hablar con Hortensia era sólo una forma de no quedarme parado. Hortensia podría proporcionarme alguna pista sobre el asesino pero, en principio, nada la relacionaba con Elvira. O apenas nada: sólo un presentimiento, una conexión ligera al enterarme de que la fecha en que el asesino comenzó a matar coincidía con la fecha en que Elvira había salido de la cárcel, justo con un día de diferencia: lo que habría tardado en llegar la noticia de su puesta en libertad. Nada más relacionaba los asesinatos con el encargo de mi cliente. A ella era a la que necesitaba atornillar. Las preguntas que debía hacerle eran las que debería haberme contestado en nuestra primera entrevista: ¿qué la relacionaba con Elvira?, ¿por qué creía que necesitaba ayuda y de quién intentaba protegerla? Y siguiendo mi presentimiento, añadiría otra: ¿por qué había hecho referencia a la posibilidad de que Elvira viviera bajo los puentes?, ¿era precisamente porque el asesino había comenzado a matar? De ser así, María debía tener al menos una idea de quién quería eliminar a Elvira y por qué. Y todas las preguntas juntas me llevaban a la central: ¿por qué María no quería hablarme de todo eso, prefería mentirme y que yo buscara a ciegas? Y desde otro punto de vista: ¿por qué María me había elegido si no confiaba en mí? ¿Por qué yo?

Al alcanzar el último tramo de escaleras, el que daba al pasillo apestoso de mi oficina, tuve una sombra de esperanza. Y digo sombra porque fue una la que vi cruzar tras el cristal esmerilado de mi puerta. María me estaba esperando. Hablaría con ella y luego Santos la seguiría para tenerla localizada. Me sorprendí otra vez de lo bien que se me estaba dando la mañana. Comenzaba a circular por entonces la palabra «depresión» como una de las modalidades de enfermedad nerviosa. Recuerdo que pensé que eso era lo que debía de haber sufrido yo durante los largos años de soledad, alcohol y un inabarcable pesimismo. Con María las cosas habían cambiado. Me estuviera mintiendo o no, tenía interés por vivir otro día, por volver a verla. Fantaseé durante un instante con su mirada de agradecimiento cuando encontrara a Elvira. Y con su asentimiento a una invitación. Y con su entrega total el día que me conociera bien. Resultan difíciles de contar los pasos que da la mente de un desgraciado que vislumbra la posibilidad de dejar de serlo.

Cuando iba a meter la llave se desvanecieron las esperanzas. Las sombras crecieron. Y no era una metáfora: el cristal de la puerta se oscureció con lo que parecían los cuerpos de dos hombres grandes. No olía a cítricos y a canela como el perfume que utilizaba María, olía a cigarro puro, a habano Davidoff, aunque en ese momento no recordé por qué identificaba el aroma con tanta precisión. Nunca había fumado puros ni los fumaba Santos. Tenía desconocidos en mi guarida. Podían ser clientes, me dijo mi recién estrenada personalidad. Optimismo. Abrí la puerta y entré al despacho. Lo eran.

Sentado frente a mi escritorio, de espaldas a la puerta y a mí, había un hombre calvo, delgado, con un cuello largo de pajarito que no giró cuando me oyó entrar. A mi derecha y a mi izquierda aparecieron dos gigantes con los abrigos desabrochados para que viera que iban cargados. Uno con un revólver de cañón corto, el otro con una Star. Se pusieron a mi espalda, tapándome la salida. Al parecer temían que huyera al verles. Y tal vez debiera haberlo intentado.

—Están en su casa —les dije.

Escuché una carcajada del hombre delgado. Su cogote me sonó desde el primer momento y ahora reconocí su risa cascada, tanto por el humo como por utilizarla a menudo, demasiado a menudo, no como exteriorización de alegría sino como amenaza. Tras pedir permiso con la mirada a los gorilas y serme otorgado, me dirigí hacia el otro lado de mi mesa. Lo recuerdo como si hubiera caminado hasta mi sillón muy lentamente, descubriendo al sujeto muy lentamente. Como algunas veces hacen en el cine.

Resistiéndome a dar crédito a lo que todos mis sentidos se empeñaban en demostrarme. El perfil del sujeto: la nariz aguileña con un puente prominente y curvo como el de un indio, las gafitas redondas que agrandaban sus ojos de un azul álgido, polar, sus labios que de tan finos parecían apretados en una mueca permanente de odio… Era León Martí Gutiérrez. Don León.

—Siéntate, Perea —dijo sin dejar de sonreír—. Me duele que no hayas prosperado.

—Yo he leído que usted no ha dejado de hacerlo.

—Ahí quería llegar, muchacho. No debiste abandonarme.

—A usted no se le abandona. Se le huye.

Volvió a rasparme los oídos con su risa. Esta vez sincera. No le ofendían las referencias a su poder y a su crueldad. Las consideraba un halago.

—¿No me diga que me ha estado buscando desde entonces? —pregunté.

—Supe dónde estabas en cuanto alquilaste la pocilga esta. ¿Te escondías?

—No le debo nada.

—Al contrario. Devolviste tu última paga. Y eso que te la ganaste.

—¿Qué quiere ahora?

—Estás hecho un ermitaño. Eso es lo que me han contado, pero además se te nota. Ni preguntar por mi familia siquiera.

—¿Por su familia política también?

—Nunca pierdes el sentido del humor. Me gusta.

—¿Qué quiere de mí ahora?

—Lo de siempre: que encuentres a una persona.

Lo de siempre. Había trabajado para don León sólo una vez. Pero para él significaba lo de siempre, para siempre. Debió notar mis reticencias y se me adelantó:

—Creíste que por marcharte ya no volverías a trabajar para mí. Error. ¿Sabes que me has ahorrado un dinero con no seguir a mi lado? Haz las cuentas. Con lo bien que te portaste, yo te habría puesto un sueldo, un buen sueldo por lo delicado de tus funciones. Que hubieras cobrado un mes tras otro quizá sin volver a tener que trabajar. Pero te fuiste. No te echo la culpa, cada uno tiene su sensibilidad. Sin embargo, ahora te necesito, ¿ves? No tengo reparos en volver a echar mano de ti. Lo que te digo, me has ahorrado tu salario de todos estos años. ¿Acallaste por lo menos tu conciencia?

Ni siquiera yo lo sabía. Callada, callada, no.

No puedo dejar de contar mi relación con León Martí Gutiérrez, don León.

Después de abandonar Madrid por una mujer en el cincuenta y uno, y después de que la mujer me abandonara a mí en el cincuenta y cuatro, pasé un año viviendo y bebiendo en una capital de provincias. Me especialicé en encontrar personas que no querían ser encontradas, casi siempre contables codiciosos, esposas hartas y ladrones de bienes no declarados, asuntos turbios de los que era mejor no informar a la policía. Me iba bien: como ahora, los asuntos más jugosos eran turbios en la España de aquellos días. No me sentía orgulloso pero tampoco paraba mientes en el asunto. Terminé por no alterarme a pesar de las ofertas y los ruegos de los huidos. De regreso a casa, los unos me ofrecían parte de su botín, las otras me contaban entre lágrimas los oprobios y humillaciones a que, de entregarlas, las condenaba de por vida. La verdad es que por un oído me entraban y por otro me salían ofrecimientos y lamentos. Tampoco yo había elegido la forma que había adoptado mi desesperación. Y como, por haber nacido pobre, había sido educado en el respeto al orden y en la honradez, es decir, en las creencias de que el único mundo posible es el que está regido por las normas actuales y de que el dinero huele mejor cuanto de más arriba provenga, entregaba sin pestañear mis presas a los que me habían contratado, patrones y maridos. Lo que hicieran con ellas una vez entregadas no era asunto de mi incumbencia, como no lo es el destino de las perdices para los sabuesos que las sacan de los cenagales. Un perro modelo era yo. Y no cobraba mucho. Lo suficiente, ya digo, para vivir y beber. No era respetado pero sí necesario. Estaba a bien con las autoridades y las fuerzas vivas. El vicio que tenía me lo permitían. Podría seguir allí mientras me quedara olfato. Mientras tanto, con la estupidez del alcohol, esperaba que el golpe de suerte llegara algún día.

Y la suerte pareció haber llegado cuando una mañana dos tipos me sacaron a empellones de mi borrachera y de la pensión para llevarme al despacho de don León Martí Gutiérrez. Ya desde los zarandeos iniciales, y luego durante el trayecto en coche, me informaron de lo que don León quería de mí. La entrevista personal con el gran jefe era una costumbre, un rito: don León siempre contrataba personalmente a todos sus empleados, tenía que verles la cara. Decían que calaba a un hombre de un solo vistazo. Y que jamás se había equivocado.

El encargo consistía en devolver a casa, a la de don León y sin escándalo, a Ricardo de la Mora y Casarrubio, un título, aunque me lo dijeron no me pregunten ahora cuál, un marquesado pequeño en todo caso, no grande de España ni nada de eso, un noble sin dinero y huérfano, como en una novela romántica, aunque en este caso «huérfano» significara, además, sin agarres, sin enchufes, un paria en la España de Franco, sobre todo si la soledad y el abandono provenían de que tus antepasados se habían opuesto significativamente al Caudillo en nombre de la monarquía. Yo conocía al chaval —y digo «chaval» porque, aunque título, no había cumplido los veintidós— desde que llegó a la ciudad. Y me caía bien. Había que tener valor para ir a dar el braguetazo en las barbas del mismísimo León Martí Gutiérrez: el chico se había prometido a Cristina Martí. Y ahora que había dado la *espantá* me caía mejor. Pero no podía decirle que no a don León: primero porque era mi trabajo y después porque, además de rico, muy rico, don León era duro, muy duro, de los que habían manejado con soltura una pistola desde mucho antes del treinta y seis hasta poco después del treinta y nueve. De ahí procedía su riqueza. No de la pistola, no pretendo insinuar tal cosa, sino de los amigos que había hecho mientras la usaba. Era también listo. Cuando terminó la guerra, además de preocuparse de que su apellido, precedido por el nombre propio de su hijo pequeño, figurara en las listas marmóreas más vistosas de Caídos por la Patria, dejó a su hijo mayor una docena de camisas azules y la tarea de mantener el apellido en el candelero político en Madrid mientras él en persona se dedicaba a obtener licencias de importación y exportación, licencias de construcción, licencias de pesca de altura y costera, licencias para obtener licencias. No es broma: se decía que tenía en nómina a un antiguo compañero de aventuras guerreras con la única orden de obtener información de cuanta licencia saliera o pudiera salir a concurso y avisarle a él, sin intermediarios, para que pusiera en marcha personalmente los codiciosos mecanismos correspondientes. Había nacido pobre pero percibía el palpitar del sistema, de cualquier sistema, de hacer dinero: sentía la oferta y la demanda como el pulso en su muñeca; barruntaba la inflación y la deflación como los bichos presienten la lluvia o los terremotos; conocía los vaivenes de las finanzas con una precisión similar a la de una madre que sabe la fiebre que tiene su hijo sólo con verle en la cuna; pronosticaba al enemigo a distancia, a mucha distancia, como esos osos siberianos que pasan estaciones sin ver una hembra y siguen su rastro días y días por el olor de la orina que ella deja en la alfombra de líquenes. Era un animal para la pasta. No sólo para ganarla, también para repartirla. Se decía que eran innumerables los funcionarios franquistas engrasados por don León. No escaseó gente así después de la guerra. Y son de admirar. Tienen esos poderes que relato pero, sin la menor duda, los de pobre cuna, en un momento dado, han tenido que jugársela a todo o nada. Me refiero al momento en que se dijeron «prefiero morir de pie que vivir siendo pobre». Su momento decisivo. A partir de ahí todo obstáculo deber ser saltado, evitado, volado. Los que pueden contarlo es que ganaron.

Durante la guerra, León Martí, en lugar de arreglarse el pase a la zona nacional, relativamente fácil en todo Levante vía marítima hasta Sevilla, prefirió quedarse y organizar la quinta columna. Sin duda, cuando decidió no huir y dedicarse a ayudar a señoritos y falangistas a escabullirse de los rojos fue su momento decisivo. Todo o nada. Como es de suponer, pasó muy malos ratos durante la guerra, estuvo incluso detenido por acaparamiento, pero supo salir de todas; quedó a bien con la República, le prometió fidelidad. Por supuesto, cuando se organizó el nuevo orden presentó su republicanismo como una fachada y se colocó de los primeros en la cola para cobrar por los servicios prestados. También se las apañó para que los señoritos que le debían pagaran sin rechistar, lo que no les sucedió a otros como él; dicen que fue la pistola lo que utilizó para garantizarse el cobro. Si es verdad, fue la última vez que cogió un arma. A partir de entonces pagó, y con gusto, para que las pistolas que eventualmente pudiera necesitar las llevaran otros, su hijo entre ellos.

El caso es que hubiera seguido progresando ganara quien ganase la contienda. Para cada uno de los regímenes políticos tenía preparada una biografía. Con los mismos hechos, basándose en los mismos archivos. Y aunque algunos opinan que intervino la suerte, yo supe siempre que no, que don León había previsto cada una de las posibilidades y su verdadero trabajo durante la guerra fue la creación minuciosa de esas biografías alternativas.

Una prueba de su capacidad de previsión es el propio funcionamiento de la organización que creó. Durante la guerra mundial y mientras continuó siendo posible que los aliados no se detuvieran en los Pirineos y entraran para quitarle su España a Franco, don León se manifestó exclusivamente como honrado hombre de negocios, sin destacar y, sobre todo, sin pedir ayuda a la gente del régimen. Sólo cuando Estados Unidos decidió hacer de España su aliado, don León proclamó abiertamente su franquismo. Y entonces sí, como muchos otros, ya no fue más un hombre de negocios sino alguien que gana dinero mediante influencias y compadrazgos. Don León sin embargo, y a diferencia de otros menos acostumbrados a jugársela, no se conformó con ganar dinero e influir en ministerios y juzgados: creó su propio ejército; un ejército que incluía un buen número de policías. Para resumirlo, el modelo que seguía, al que adecuó su conducta y organización, era el diseñado por la mafia de Sicilia, isla que visitó y con la que inició negocios en cuanto los aliados pusieron un pie en ella. Es más que seguro que don León aprovechara también esa visita para construirse y documentar una tercera biografía para enseñar y divulgar si los aliados hubieran desembarcado también en España.

¿Por qué entonces, si mantenía un ejército, contratar a un muerto de hambre como yo para algo tan personal y delicado como buscar y encontrar a su futuro yerno? Precisamente por ser personal y delicado, me contesté yo mismo la pregunta. Él no es el único que siente el palpitar del dinero, que reconoce enemigos, que intuye las tormentas. Había y hay en España muchos como él, husmeando en busca de los puntos flacos de los demás, disfrutando con las derrotas de los demás. Son una clase, de eso no cabe duda, y se defienden entre sí pero se divierten jugando entre iguales, siempre en espera de dar la dentellada, como los lobos. Si don León hubiera puesto a sus huestes en movimiento, el resto de la manada lo hubiera sabido en cuestión de horas. En buena medida por eso me lo encargó, para mantener el asunto oculto, aunque tuvo también otras razones que yo comprendería después. Por entonces sólo pensé en que la recompensa sería larga y, de negarme, el castigo también. Decidí, pues, entrar en la nómina de don León.

—Quiero que me traigas a mi futuro yerno; ahora te darán los datos que nos constan. A ese cabrón se le hizo la boca agua al ver que mi niña bebía los vientos por él. Pero no ha tenido cojones. A pesar del dinero, no ha tenido cojones. No sé por qué, ni se lo voy a preguntar… al menos antes de que se casen. Después ya veremos. Ahora tráenoslo de vuelta rapidito. Te sorprenderás de lo generoso que puedo llegar a ser. A trabajar.

Simuló enfrascarse en sus papeles a modo de despedida. Yo no había dicho ni una palabra. Ni don León la esperaba: sabía que, con la tranca que yo llevaba, en mi cabeza quedarían resonando sólo dos palabras, «generoso» y «rapidito», y que juntas me pondrían en movimiento de inmediato. La primera se explica sola, la segunda quería decir «una semana», la que faltaba para la fecha de la boda de su hija Cristina con Ricardo de la Mora y Casarrubio, como al salir me informó el secretario en el antedespacho.

También me dio una fotografía de Ricardo y un número de teléfono de París, sólo cifras sin nombre, que habían encontrado entre las cosas que el muchacho había dejado en su dormitorio. Ni que decir tiene, me puse en camino de inmediato. No podía defraudar a alguien como León Martí. Me iba la vida en ello, por lo menos tal y como la entendía por entonces. Y, de una forma que yo ni siquiera podía imaginar, así terminaría siendo.

No voy a extenderme en las peripecias de la captura. Baste decir que el muchacho, por joven o por irreflexivo, no intentó en ningún momento borrar su pista. Tal vez para él París era otro mundo. O tal vez no había tenido tiempo de conocer lo soberbios y rencorosos que pueden llegar a ser algunos habitantes de éste. El caso es que, con sólo identificar a la abonada del número de teléfono que llevaba en el bolsillo, lo encontré en una buhardilla, durmiendo feliz con la hija de unos exiliados republicanos bastante conocidos. Me senté en la cama y les desperté atrayendo hacia mí las sábanas con el cañón de mi revólver. Él no opuso resistencia. Ella sí. Me obligó a amartillar mi Euskaro, un plagio de los Smith and Wesson, de la Primera Guerra Mundial. La muchacha me insultó, lloró, llamó sicarios y vendidos a todos nuestros compatriotas, volvió a llorar y, al final, tuve que darle un tantarantán para que se soltara del marco de la puerta, al que se había agarrado con los brazos en cruz para impedirnos la salida. Es curioso que en ningún momento amenazara con llamar a los gendarmes. En alguna conspiración andaría comprometida: seguramente trataba de liberar a ese montón de sicarios de más allá de los Pirineos. Los jóvenes siempre tan elitistas. Ricardo sólo dijo «te quiero» y se dejó empujar escaleras abajo. Ahora me avergüenzo, pero era la forma en que me comportaba entonces. No hace falta decir que iba borracho. Había decidido atraparle por la noche, no por seguridad, ni para llevarle directamente al tren, que salía a las once hacia Hendaya, sino para pasar el día bebiendo unas cuantas botellas en la ciudad de la luz. La verdad es que llegamos al tren por los pelos.

—¿Por qué no has terminado el trabajo allí mismo, en París? —me preguntó cuando ya llevábamos unos cientos de kilómetros recorridos. Hasta entonces no había dicho una palabra ni había reaccionado a mis ocasionales comentarios.

—Mi trabajo es llevarte al altar —le respondí riendo—. Soy casi, casi, tu padrino.

—Me van a matar.

—No digas tonterías. Vas a vivir como un pachá.

—No después de haberme escapado y haber ofendido a —lo dijo con sarcasmo— don León.

—No, hombre no, por eso estoy yo aquí en lugar de otro: para que nadie se entere de que te has ido. Volvemos, te casas y aquí no ha pasado nada.

—Sí, qué imbécil soy. No puedes terminar el trabajo todavía. Necesitan que me case antes.

Vi cómo el chico negaba con los ojos llenos de lágrimas. No me impresionó. Ya digo que estaba acostumbrado a que las presas me ofrecieran dinero, me lloraran y me mintieran para que les permitiera volver a su sueño o quizá sólo para retrasar el momento de hacerse a la idea de que ya nunca habría sueño.

—Si no querías líos, ¿por qué engatusaste a la hija de don León? —le pregunté cuando me pareció que había recuperado la entereza.

Se encogió de hombros y tardó en responder.

—No la engatusé. Le debo al padre mucho dinero. Me propuso la boda y creí que podría soportarlo. Pero no me educaron para el sacrificio o quiero demasiado a la chica que has conocido. O las dos cosas.

—¿Y qué quiere él? Tu apellido, tu título, ¿no?

—Como todos ellos, cree que Franco, tarde o temprano, reinstaurará la monarquía. Sus nietos serán marqueses, estarán en la corte.

—¿Lo ves? Para tener nietos te necesita.

—No me perdonará —dijo mientras negaba con la cabeza.

No volvimos a cruzar palabra en todo el trayecto. En la estación nos estaban esperando hombres de don León para llevárselo. A los dos días leí en el periódico la noticia de la boda. Para el festejo habían acudido a nuestra ciudad todos los que en aquel tiempo eran alguien entre los azules, los azules por fuera y los azules por dentro. Un acontecimiento. A don León se le veía feliz en las fotos: por fin, él y su familia podrían mirar a la cara al mismísimo rey de las Españas cuando lo hubiere. También parecía feliz la recién casada. Y a cualquiera le hubiera parecido feliz el contrayente. A cualquiera menos a mí. Yo veía en sus ojos en blanco y negro un poco del cielo rojizo que envolvía la buhardilla parisina cuando le encontré. No me importó: tenía buen dinero en el bolsillo y bares para gastarlo.

Sin embargo, mientras de bar en bar daba cuenta de aquel dinero, pensé mucho o, por lo menos, eso me pareció. Pensé en la maldición de los que habíamos nacido pobres, como don León y yo. Maldición por decir algo. Era más bien cuestión de educación. Igual que al marquesito no le habían educado para el sacrificio, toda nuestra educación, puede que incluido el manejo de las cuatro reglas, tenía como objetivo enseñarnos a bajar la cabeza ante el amo, que aprendiéramos la sumisión debida, que nos arrodilláramos en su presencia. Por eso, cuando alguno de nosotros ascendía en lo económico lo suficiente, su siguiente obsesión era desprenderse de la obligación de doblar la rodilla y bajar la cabeza. Se trataba de alcanzar la cima de verdad, de sacudirse el servilismo. Era la única explicación para la conducta de don León, para su deseo desatado de emparentar, de introducirse en la nobleza.

Mientras que en asuntos de dinero pensaba siempre a lo grande y, en apariencia, se había librado del miedo y hasta del respeto a la autoridad y la jerarquía, en algunas ocasiones, pocas pero algunas, seguía comportándose como le habían enseñado: con sumisión. Se odiaba a sí mismo por esa debilidad pero no lograba evitar sentarse ansioso en el borde del sofá cuando un noble, por ejemplo, le alababa para obtener apoyo en tal o cual encomienda. Quiero decir que podía discutir a voz en cuello con un banquero, un general o un obispo, por cuatro perras. Lanzaba insultos y amenazas, proclamaba que hasta ahí habían llegado las amistades, protagonizaba abandonos teatrales de la sala… por una décima de porcentaje. También era capaz de reírse de las admoniciones del obispo como consecuencia de sus pecados, mandaba a tomar por culo al general si éste le ganaba al golf y sacaba a colación a las queridas del banquero cuando el hombre le ponía una excusa para no acudir a una cena que la señora Martí había programado. Pero era incapaz de negarle nada a un noble. Sintió que podría liberarse absolutamente del estigma si conseguía casar a su hija con alguien de aquella estirpe que, según la historia, habían construido nuestra patria. Un enfoque decimonónico y nada original pero que había vuelto a España, entre los pudientes, con la derrota de la República. El marquesito se cruzó oportunamente en su camino.

Pero si a estas alturas a don León sólo le faltaba ver su apellido en un pergamino, le sobraban el orgullo y la soberbia y se hubiera sorprendido sinceramente en caso de que alguien le hubiera dicho que la gente como él, que ya influía sobre los destinos del país, no podía decidir sobre el destino de las personas de menor valía. Entender la vida de los demás como un mero instrumento era también tradición de nobles. Un par de meses después de celebrarse la boda, y cuando por cierto su esposa ya estaba embarazada, Ricardo de la Mora y Casarrubio entregó su alma contra un olmo de los que flanquean la carretera del río mientras conducía un precioso MG descapotable que su suegro acababa de regalarle.

No me quedé a las honras fúnebres. Me largué hacia Madrid en cuanto vi la esquela pegada en los cristales de la barbería. Sin despedirme. Sólo metí el dinero que me quedaba en un sobre y se lo envié a don León. Sería falso decir que aquella muerte me abrió los ojos y que descubriera entonces en qué país vivía. Ya había visto mientras era policía casos de impunidad al menos igual de descarados, y no oculto que yo mismo había sido un eslabón de la cadena. Pero sí era la primera vez que la oveja me había dicho que la estaba llevando al matadero y yo no había escuchado. Culpé al alcohol, claro, y a la mujer a la que acusaba de haberme empujado a beberlo, aunque en el fondo siempre supe que sobrio y bien amado habría hecho lo mismo. Comprendí, eso sí, que aquéllos a los que yo perseguía, aquellos contables que arramblaban con la caja tras años de encorvamiento y hernia discal, aquellas esposas humilladas y hartas de esclavitud que se fugaban con liantes, el marquesito que huía de una vida adinerada, aquéllos a los que yo cazaba para partirles los sueños eran sólo gente que intentaba vivir con la cabeza alta. En cierto sentido como los resistentes políticos y los delincuentes por casta. Puede que por un momento, acodado en algún mostrador, me propusiera escapar y convertirme en uno de ellos, de esos soñadores, pero finalmente tan sólo prometí andarme con más cuidado. No más muertes de inocentes en mi haber, fue mi escaso propósito. Sabía que no era mucho, pero ni un montón de copas me dieron el suficiente valor para escapar definitivamente del manto asfixiante de los poderosos. Me alejé de los que conocía, eso fue todo. Tenía que seguir comiendo de lo único que había aprendido a hacer: cazar personas. Y eran los poderosos los que buscaban personas.

Pero no para él, no para don León Martí, no trabajaría para él nunca más. Ni para nadie que buscara la venganza.

—Lo siento, don León, no puedo ayudarle —preferí mostrarme sumiso porque sabía que le costaría aceptar la negativa—. Ya tengo un cliente.

—Te pagaré el doble.

—No —dije con firmeza pensando en María Delgado y en lo feliz que me había sentido esa mañana después de años.

—Será muy fácil. Estoy seguro de que no te llevará más de dos días. O eso o te quedas sin chiringuito. No volverás a trabajar en España. Al menos no para quienes tenemos dinero.

Valoré la posibilidad de engañarle y él lo adivinó.

—No digas que sí y luego no la encuentres —dijo—. De todos modos, por si te tranquiliza, no será como la vez anterior.

—¿A quién debo buscar?

—Encontrar. A mi nuera. Mi hijo la adora y ella le adora a él. Es sólo que últimamente no andaba muy bien de los nervios. No tiene riesgo para ti. Mi chico está seguro de que si consigue hablar con ella la convencerá de que vuelva por propia voluntad —dijo «mi chico», como si se refiriera a un chaval. Su chico era uno de los más conocidos gángsteres de Madrid—. Ni siquiera tendrás que llevársela. Sólo decirle dónde está. Déjame que te enseñe una foto.

Mientras sacaba la instantánea de la cartera, me devané los sesos en busca de alguna excusa. Inútil. Con excusa o sin ella, don León no amenazaba en balde.

—Toma, échale un ojo. Guapa, ¿eh? —Me pareció notar orgullo en su voz, como si en lugar de la mujer de su hijo fuera la propia—. Se llama Lidia, su apellido es lo de menos porque firma siempre Lidia de Martí y con ese nombre tiene sus documentos. Cosas de la guerra. No sabe quiénes fueron sus padres.

Puse la fotografía sobre la mesa, frente a mí. No la miré.

—Detrás de la foto te he apuntado mi número. Llámame y me preguntas lo que quieras sobre sus costumbres.

Iba a coger la fotografía para devolvérsela cuando me fijé en la mujer. Mi brazo quedó congelado en el gesto. Sin control alguno sobre mis ademanes, miré a don León y luego otra vez la foto. Era tan incongruente que parecía un sueño. Finalmente no toqué la instantánea.

—Lo haré —dije.

Carraspeó de nuevo su risa: ahora parecían las bisagras mal engrasadas de las puertas al infierno.

—Sabía que no me defraudarías.

Los gorilas sonrieron, conocían la ironía de su jefe. Uno de ellos sacó un sobre del bolsillo y lo dejó junto a la foto.

—Te daré el doble cuando mi chaval pueda hablar con ella.

Me tendió la mano pero yo no moví la mía. No podía. Don León hubiera notado los temblores.

—No seas rencoroso, coño. —Pero se encogió de hombros y no intentó despedirse de nuevo.

Salió primero uno de los guardaespaldas, después don León, sus ojos helados me miraron, y tras él el otro armario ropero.

En la fotografía, María Delgado posaba de escorzo en un primer plano para un fotógrafo profesional. Es decir, Lidia de Martí posaba. Y me miraba. No supe si las ganas de llorar que me cerraron la garganta provenían del miedo o eran porque, después del espejismo, volvía a sentirme un gilipollas. La conclusión: un gilipollas aterrado.

7

Quería pensar. Necesitaba pensar. Imposible. Los cigarrillos se consumían hasta quemarme los dedos, pero mi cabeza no salía del círculo cerrado del pánico. María Delgado, evidentemente un nombre falso, era Lidia de Martí, la esposa de Julián Martí, el hijo mayor de don León Martí, uno de los hombres más poderosos de España, más marrulleros también y, lo peor, de los que traficaba y se movía, hacía y deshacía, mataba o dejaba vivir con la mayor impunidad. Don León el inmune. Y don León quería que buscara a María, mejor dicho, a Lidia, probablemente para vengarse o para callarla. Después de convivir unos años con el hijo de don León, Lidia sabría demasiadas cosas. Por eso el viejo me había vuelto a elegir. Para que nadie se enterara de que la estaba buscando. Como en el caso del marquesito. Sus hombres, sus paniaguados seguirían con su rutina habitual para no levantar sospechas. Cuando apareciera muerta, nadie sabría que previamente se había escapado. Excepto yo. Entonces también yo sabría demasiadas cosas. Terror.

Cabía por otro lado la posibilidad de que don León

hubiera dicho la verdad y que estuviera buscando a su nuera por las razones que me había dado: para devolvérsela a su hijo. El problema se centraba entonces en la propia Lidia. Recapitula, Héctor, piensa. Tira ese cigarrillo antes de que te queme como los otros y piensa. Lidia se fuga de casa para buscar y ayudar a una mujer que acaba de salir de la cárcel. No quiere hacerle daño, ni siquiera verla, sólo pretende sacarla de España, que yo la saque de España. ¿Por qué? ¿Por qué me ha elegido Lidia a mí? ¿Qué relación une a Lidia con Elvira? ¿Qué tiene que ver Elvira con los Martí? Y de nuevo yo al final de la cadena. Si encontrara a Elvira, ¿supondría un problema para los Martí? En ese caso, también yo sabría demasiadas cosas. Terror.

Sin embargo, por ahora, nada sabía, estaba a verlas venir. Y sentado allí fumando nada averiguaría. Debía dejar de intentar pensar y moverme. No hacerme más preguntas, remover la sopa y que el olor me trajera respuestas. Y a partir de ahora siempre armado. Saqué mi revólver del armario, el vetusto Euskaro del que ya he hablado. Esperaría en la taberna a que Santos volviera; tal vez, si Lidia se había presentado a preguntar por el último intento del asesino de mendigas y Santos la había seguido, ahora sabríamos dónde vivía y me presentaría allí para aclarar mis dudas. Debo decir en mi favor que ni por un momento se me pasó por la cabeza la posibilidad de entregar a Lidia. Al contrario, lo que se me ocurrió fue decirle que nos marcháramos juntos, huir, hubiera hecho ella lo que hubiese hecho. Las argucias del cerebro para contener el miedo.

No estaba trabajando con la realidad; manejaba datos que existían sólo en mi cerebro. Lo que de verdad estaba sucediendo se me escapaba. Pero un aspecto de todo el asunto sí que tenía claro: enfrentarse a don León Martí, incluso no plegarse a sus deseos, era un suicidio. Sin metáforas. Por encima de todos los de su clase no estaba la ley, ni siquiera las fuerzas del orden. Por encima de gente como los Martí sólo estaba el Generalísimo. Y le habían puesto allí arriba precisamente para protegerles. Tratar de chafarles el negocio, cualquier negocio, y ellos consideraban que todo era un negocio, sólo se le podría ocurrir a un loco. Tuve la impresión en ese momento de que por ahí iban los tiros. Yo, un loco, sin lugar a dudas. Y una loca Lidia. Puede que hasta Elvira, de la que tan poco sabía, hubiera salido de las cárceles de Franco con la razón reventada. Otro presentimiento: locos o… combatientes. Una corazonada: aquello tenía que ver con la política. Peor.

La taberna en la que me cogían los recados telefónicos y desde la que yo llamaba, en las escasísimas ocasiones en que tenía alguien a quien llamar, estaba en la plaza del Carmen y se llamaba Casa Santiago, por su dueño, un ex seminarista reconvertido en perista y anfitrión de lo más humilde del hampa madrileña. Todos suponíamos que tenía algún trato con la policía: probablemente le permitían seguir dando de beber y comer a los descuideros siempre que informara con presteza si algún pez más gordo aparecía por su local. Como ese pacto era sabido, los peces más gordos no se dejaban ver por allí, Santiago no tenía nada de qué informar y nadie podía acusarle de soplón. De ese modo, los miserables entre los miserables tenían un lugar donde sentarse a esperar frente a un chato de tinto que la suerte les cambiara antes de morir. En ningún lugar se puede encontrar más esperanza que en el alma de los desesperados. Era el mismo mecanismo de supervivencia que me había llevado a mí a pensar que podría huir con Lidia y dejar este país donde nada era como te decían que era. Delirios para no abandonarse uno mismo, para seguir viviendo.

—No tienes buena cara —me saludó Santiago.

—¿Y cómo iba a tenerla? Bebo tu café.

—Te han llamado hace una hora o así —dijo mientras colaba del puchero una taza de las grandes para mí.

—¿Quién?

—Onofre, el carbonero, ha dicho. Que no corría prisa, que era sólo para que conocieras a su hijo.

—Si aparece Santos, dile que no se mueva de aquí hasta que yo vuelva. —Y dejé unas monedas sobre la mesa. Bastante más de lo que costaba el café, que me bebí de un trago.

—No sabes beber —escuché que decía Santiago mientras salía—. El café se paladea.

—Cuando lo que sirvas sea café me regañas.

Como en la ocasión anterior, el zaguán de la carbonería estaba vacío. Seguí la senda retorcida entre los montones de carbón hasta la cocina. Esta vez el fuego no ardía.

—¡Onofre! —llamé—. ¡Soy Perea!

No hubo respuesta. Ni ruido alguno en el piso de arriba. Agucé el oído por si escuchaba aquellos sonidos guturales que en la anterior visita atribuí a los pulmones cascados del carbonero. Nada. Volví a intentarlo:

—¡Onofre! ¡Me has llamado!

Regresé al zaguán y busqué bajo el montón de cisco la bota de vino. No estaba allí. Su ausencia sí era una anomalía. La vida del carbonero había torcido su rutina. Apreté el brazo contra el costado para sentir la dureza del Euskaro. Pensé en una trampa y me sonó ridículo. Estuviera pasando lo que estuviese pasando, yo no había avanzado en absoluto. Nadie querría deshacerse de mí por mi agudeza. Subí las escaleras de madera, los peldaños hundidos en una curva brillante y suave de tan gastados. Volví a llamar y de nuevo me respondió el silencio. Entonces olí el vinazo. Espeso, agrio. Llegaba el olor desde una habitación que tenía la puerta entornada; bajo la puerta corría muy lentamente hacia afuera, hacia mí, un reguero oscuro, rojo y oscuro. A primera vista, más espeso que el vino. Podía ser sangre. Saqué el revólver de la sobaquera y empujé la puerta con un pie. Al abrirse, el olor se hizo sofocante, como el de una bodega subterránea sin ninguna ventilación. Agrio. El cuarto estaba a oscuras. La luz del mediodía que entraba por el ventanuco del descansillo me daba en los ojos y me impedía ver el interior de la habitación. Para tantear la pared en busca del interruptor de la luz tuve que pisar el charco del suelo. La textura era inequívoca: espesa, más que el vino. Sin duda sangre. Di por fin con la llave de la luz; era de palomilla y, al girarla, se encendió en el techo una bombilla desnuda de como mucho veinticinco vatios. Suficiente para ver a Onofre sentado en el suelo, en un rincón, con la espalda apoyada en las dos paredes; de sus muñecas rajadas surgían los manantiales; entre sus piernas la bota de vino vacía, aplastada, como el cadáver de un animal muerto y reseco; junto a la bota una navaja de un palmo. En un camastro, granates y mojadas las sábanas, un muchacho de edad indefinida, calculo que por los veinte, mongólico y con una extraña deformación en la cabeza: la parte del cráneo que les queda abierta a los niños estaba abombada, como si, al intentar cerrarse, las dos placas del cráneo se hubieran dejado parte de los sesos fuera. Algo que podría llamarse hernia cerebral. No era una herida, era un defecto congénito; la causa de la muerte estaba en un navajazo que le llegaba al corazón. Entre padre e hijo una garrafa abierta y a medio vaciar. De ella provenía el olor que desplazaba al de la sangre. Rogué a ese dios con el que hablamos los borrachos para que el carbonero hubiera hecho beber al chaval hasta la inconsciencia antes de pincharle.

Mi primer impulso fue salir de allí. Correr. Y ya estaba en la puerta de la calle cuando comprendí que Onofre me había llamado cuando ya sabía que se iba a suicidar. Quería que supiera algo, que encontrara algo. Evidentemente no quería presentarme a su hijo, como le había dicho por teléfono a Santiago el tabernero. Ni siquiera había mencionado al muchacho cuando le conocí y eso que habíamos escuchado sus gorjeos. Cabía la posibilidad de que todo fuera un montaje preparado por alguien para aparentar suicidio, pero entonces el carbonero no hubiera tratado de ponerse en contacto conmigo. Cerré con cuidado la puerta para que no me sorprendiera ningún cliente o vecino. Y volví a subir las escaleras. Aunque pocos centímetros, el arroyuelo de sangre y vino había seguido avanzando. Las muertes eran más que recientes. Antes de entrar de nuevo en la habitación, eché una ojeada al resto de la casa. Sólo había un cuarto más en la vivienda. Y en el armario ropa de hombre. Onofre y su hijo vivían solos.

¿Qué había querido decirme Onofre? ¿Por qué se había referido al muchacho? Su intención era llamar mi atención sobre el chico. ¿Para qué?

Además del camastro, en la habitación del hijo sólo había un mueble, un baúl con ropa de cama y cuatro mudas, dos de invierno y dos de verano. El muchacho no salía nunca de la cama o de la casa, tal vez ni pudiera andar. Me giré para observar otra vez su cadáver. No me atrevía a tocarle: ya estaba dejando mis pisadas en la sangre como si fueran moldes. Me agaché para mirar debajo de la cama. Nada. Pero cuando ya me incorporaba dispuesto a marcharme, lo vi. No bajo la cama, bajo la almohada. La esquina marrón y áspera de un pliego de papel de estraza con dos lunares negros, sangre o vino. Cogí el papel. Estaba escrito. La firma saltaba a la vista. Onofre Díaz. La caligrafía pulcra, cuidada, regular, de quien acaba de aprender, la que le había enseñado Elvira en sus clases nocturnas durante la guerra. Fue un buen alumno el carbonero. Aunque después no hubiera escrito mucho, al menos le sirvió para redactar su nota de suicidio. Decía así:

No he contado lo peor. No sólo apaleé, para divertir a los que se la llevaban presa, a la mujer que me acababa de salvar el pellejo, y a su marido, el médico que atendió a mi hijo y nos hizo la vida más soportable; después, ahora, he vuelto a traicionarles. A ella, porque a él le libraron ya de esta mierda mucho antes. Todo lo he hecho por mi hijo, empotrado en una cama desde que nació. La traición y la muerte, todo por él. Si esta nota la lee quien yo pienso, que sepa que hace unas dos semanas, no recuerdo el día, vinieron a verme dos hombres. Uno era policía, eso lo sé, el otro un señorito. Querían que les avisara si Elvira Nicuesa, la mujer que me salvó de la cárcel o de la muerte, y que por tanto salvó a mi hijo del abandono, volvía al barrio. Me ofrecieron muchos duros. Por eso dije que los pobres, hoy en día, también lo hacemos todo por dinero. Mi primera intención fue entregar lo que me dieran a un hospital para que atendieran a mi hijo cuando yo muriera. Por eso decidí obedecerles. Sí que pasó por aquí Elvira. Yo, por los duros, llamé a los hombres y dije que la había visto. Cuando insistieron también les dije que olía a cieno, que era lo único que podía decirles. Y se portaron. Me dieron las perras. Después he pensado que para qué quería vivir mi hijo después de morir yo si él de la vida sólo ha sacado el amor que yo le tuve. Por mucho dinero que yo diera al hospital, nunca le querrían, le cuidarían sí, pero no le querrían. Por eso me lo llevo conmigo. El dinero lo he repartido entre la gente del barrio, que nadie lo busque.

Y el garabato de principiante cruzando varias veces su nombre: Onofre Díaz. Doblé la nota y me la eché al bolsillo. El chico había muerto con una sonrisa. Como si su final hubiera sido un juego más. Sencillo como los que le haría siempre su padre. Quizá una mueca, quizá cosquillas. Pensé que, con un poco de suerte, el chaval nunca ha-

bría salido del paraíso, aunque a su padre le hubiera tocado vivir en el infierno. Si no nos creyéramos tan listos, tal
vez habríamos llegado a saber que la vida es un montón
de nada con algunas cosquillas de vez en cuando.

Afuera, en la calle, en el solar tapizado con ladrillos ro-
tos y latas de bordes oxidados, jugaban los dos chavales
que me habían encaminado hacia el tío Onofre. Me pidie-
ron dinero, más dinero.

8

—¿Y usted quién coño es? —escupió más que preguntó Hortensia cuando me presenté.

La mujer, que de tan flaca parecía flotar dentro del camisón, yacía en una cama metálica con la pintura blanca descascarillada; las sábanas, que también habían sido blancas, mostraban un tono pardusco y numerosas cicatrices, algunas cosidas. Que Hortensia había ingresado por beneficencia lo demostraba además el hecho de que compartiera sala con otras nueve personas, todas encamadas y silenciosas a excepción de un tísico flaco que daba vivas a España y a su Caudillo; se había quitado la chaqueta del pijama para mostrar sus cicatrices y tatuajes, unas y otros medallas que demostraban, según él, los sacrificios que había hecho con gusto por España, por aquella España de la que ahora disfrutábamos. Era tanta su entrega y espiritualidad que se abstraía del contexto de sábanas pardas y orinales sin vaciar. Cuando terminó su arenga miró al cielo y puso los ojos en blanco. El pelo ralo y la barba de varios días le daban un aire a san Francisco de Asís y él lo sabía. Nos miraba de reojo mientras posaba. Poco a poco se acercó y me pidió dinero. Cuando le dije que no, nos llamó rojos y demonios. Ni unos ni otros daban limosna.

Mientras divagaba sobre el legionario pedigüeño, Hortensia no había dejado de mirarme; esperaba mi respuesta. Me valoraba con sus ojos entrecerrados.

—No soy policía —le dije.

—Eso lo sé. Al policía me lo han puesto ahí fuera.

—¿Cómo? —pregunté asustado.

—Que estoy detenida. Me han dicho que habría un policía en la puerta día y noche.

—¡Vístase! —le grité—. ¡Vístase rápido! ¡Nos vamos! No hay ningún policía en la puerta.

—Mejor, ¿no?

—Nada de mejor. Van a intentarlo otra vez, ¿no lo entiende? Van a matarla. ¡Corra, dese prisa!

Saqué sus ropas de la taquilla y se las di. Aunque yo la ayudaba se vestía muy despacio a causa de la escayola que le envolvía el brazo derecho desde la muñeca hasta muy cerca del hombro. Otra venda, en la que ya se veían algunos puntos de sangre, le envolvía horizontalmente el abdomen. Tenía la tez muy pálida, por lo que resaltaba el bozo. A medida que se vestía iba viendo en ella una de aquellas mujeres que aparecían en las fotos de la guerra. Decididas, no muy cuidadas, valientes.

—¿Por qué tengo que fiarme de usted? —preguntó, aunque sin dejar de ponerse una rebeca de punto hecha a mano y con grandes agujeros en los codos.

—Porque voy a salvarles la vida. A usted y a su amiga Elvira.

No me replicó. Ni se asombró. Al contrario, se apresuró con los refajos. Había dado en el clavo. Eran amigas. Tal vez, los dos balazos que Hortensia llevaba en la espalda fueran dirigidos a Elvira. Fiarme de mi instinto y acercarme al Clínico había valido la pena.

Al salir de casa de Onofre el carbonero, en lugar de coger el tranvía para que me llevara al centro, decidí bajar andando por Vía Carpetana hacia la Ermita del Santo y luego cruzar el río. Mi intención era entrar, de camino, a un bar y llamar a Santiago por si Santos había regresado o dejado un recado para informarme del paradero de Lidia —para Santos todavía María— y, si no era así, en lugar de volver a casa y esperar mano sobre mano, al pasar el río doblaría a la izquierda y me acercaría al Clínico de Moncloa para hablar con Hortensia, la mendiga a la que habían intentado asesinar el día anterior. Podría ir atando cabos mientras caminaba.

En el primer bar que encontré, compré una ficha y llamé a Santiago, el tabernero.

—Tu amigo Santos ha llamado para que le esperes aquí dentro de dos horas —dijo Santiago—. Parece que tiene todo lo que le pediste.

—Gracias, Santiago.

Pero cuando iba a colgar:

—¡Espera, espera, Perea! No todo son buenas noticias. Me ha dicho que no pases por el despacho.

—¿Te ha dicho también por qué?

—No me hizo falta. Un poli, un tal Beltrán, inspector de la secreta, ha estado aquí, en la taberna, preguntando por ti. Tiene muy mala leche.

—Lo sé.

—Una cosa. Llegas a mi taberna, te encuentras con Santos y os piráis. No puedo permitirme tener aquí cosas gordas, ya lo sabes. Tendría que avisar a Beltrán.

—Descuida. Será encontrarnos y marcharnos.

Colgué. Tenía dos horas antes de ver a Santos. Me daba tiempo a tomarme un orujo mientras reflexionaba; la botella de aguardiente El Afilador me llamaba desde los estantes. Logré contenerme y pedir un café. No se reflexiona con la misma intensidad que con el orujo, pero lo puedes hacer durante más tiempo.

Onofre decía en su nota que había hablado con un policía y un «señorito». Les había dicho que Elvira había vuelto y «olía a cieno». Una clara referencia al río, a que Elvira vivía cerca del río. Los asesinatos de las mendigas habían comenzado justo cuando Elvira salió de la cárcel, un día después, para ser exacto. El día que habían tardado en recibir la información de Onofre. Tenía suficientes razones para asegurar que ese policía y ese señorito buscaban a Elvira y que eran los autores de las muertes o los que las ordenaban. Pero ¿por qué mataban a las otras mujeres si era a Elvira a la que buscaban? Tenía un dato más: sabía que el asesino hablaba con las mujeres antes de matarlas. ¿De qué? Hortensia era la única que podría contestarme porque era la única que había sobrevivido. Salí del bar y, después de quitarme de encima varios años de pensamiento ahorrativo, opté por coger un taxi.

—Al Clínico de la Universitaria.

Durante el trayecto me concentré en Beltrán. ¿Por qué me buscaba? Había dejado muy claro que no me ayudaría a encontrar a Elvira. No le interesaba lo que no fuera un ascenso o una medalla. Si ahora me andaba buscando y con urgencia, como demostraba el hecho de que estuviera vigilando mi despacho, era porque ya había encontrado a Onofre y… había relacionado su muerte conmigo. El único que tenía información suficiente para relacionarnos al carbonero y a mí era el policía que había visitado a Onofre y por tanto… un hormigueo frío, paralizante, me recorrió la espina dorsal… ¡ese policía era Beltrán! Encajaba. La única persona que sabía que yo buscaba a Elvira y que había visitado al carbonero era el inspector Beltrán. Ni siquiera Santos hubiera podido relacionarme con Onofre; Santos ni sabía que existía. No se lo había dicho a nadie más. Hice memoria. Estaba en lo cierto. Beltrán y el «señorito» buscaban a Elvira y mataban o mandaban matar a las mendigas. Y ahora Beltrán sabía que yo sabía. Eso significaba una sentencia de muerte dictada contra mí. Pasara lo que pasase, Beltrán no podía dejarme vivo.

Había cruzado la línea. Ya no tenía entre manos un caso. Ahora que sabía de qué iba todo aquello, encontrar a Elvira antes que Beltrán y el «señorito» significaba la única y remota posibilidad de continuar viviendo. ¿Qué tenía Elvira? ¿Dinero? No, imposible. No lo tenía antes de la guerra y no había podido ganarlo después. Información entonces. ¿Qué secreto guardaba para que la buscaran al mismo tiempo un policía corrupto y Lidia? ¿Qué podían querer de una mujer presa durante diecisiete años a la que todo el mundo debería haber olvidado hace mucho? ¿Qué hacía a esa roja tan valiosa?

Había llegado al Clínico. El taxista tuvo que girarse y

darme unos golpecitos en la rodilla para sacarme de mis reflexiones.

—Está usted temblando —me dijo.

—Por eso vengo al hospital. No me toque, que puede que tenga tifus o algo mucho más mortal.

Noté que cogía con aprensión el billete que le tendí. A él no, pero a mí sí era posible que aquel dinero terminara matándome.

No me costó mucho encontrar la sala de Hortensia y nadie me impidió la entrada. Por eso en su momento supe de inmediato que ningún policía la protegía.

—Esos dos balazos no eran para Elvira —dijo Hortensia—. A ella la quieren viva.

—¿Por qué? ¿Para qué? Es decir, ¿por qué la buscan y para qué la quieren viva?

Estábamos en otro taxi. Dos en un día, si me viera mi padre. Habíamos conseguido salir del hospital por los pelos. Al cruzar rápido el *hall* que separaba las dos alas del piso, vi a Beltrán y a otro hombre en el mostrador de las enfermeras. Ahora sabía por qué el carbonero se había referido a ese otro hombre como «señorito»: llevaba traje cruzado, gris marengo, impecable, con pañuelo y corbata a juego con rayas de dos tonos de plata, sombrero de buen fieltro y un abrigo verde, como los que en las fotos he visto que llevaban los príncipes cazadores de Baviera antes de la guerra. Yo también lo hubiera descrito como «señorito». Por desgracia, era demasiado peligroso detenernos para señalárselos a Hortensia y preguntar si los reconocía.

Sin embargo, en cuanto pusimos los pies en la calle, fue Hortensia quien preguntó si me había fijado en los dos hombres que hablaban con la enfermera.

—¿Uno de ellos le disparó?

—El elegante. El otro miraba.

—Es un inspector de la Criminal.

—Hijos de puta —masculló.

A partir de ahí no tuvo más reticencias y empezó a contar todo lo que sabía.

Conoció a Elvira en el penal de Saturrarán, en una playa que separa Vizcaya y Guipúzcoa. Pronto se hicieron amigas íntimas porque las dos eran de Madrid y las dos pagaban condena por comunistas y también, por qué no contarlo, dijo Hortensia, porque en la cárcel dos personas sobreviven mejor que una «y más en mi caso que al principio tenía al crío».

—¿Qué crío? —pregunté.

—No se ponga nervioso que no tiene nada que ver con Elvira. Era de mi hija y se murió el pobre. ¿Sigo?

La dejé seguir a su ritmo. Se hicieron muy amigas porque eran dos a la hora de buscar comida para completar el rancho, eran dos para que una velara y espantara a las ratas mientras la otra dormía, eran dos para abrazarse en las noches de invierno cuando del norte venía ese viento helado que se colaba por las ventanas enrejadas pero sin cristales; finalmente también fueron dos para, juntas y en silencio, mirar desde el extremo de la galería el mar: bullicioso en primavera, plácido, dormido en verano, revoltoso y dejando prever su fuerza en otoño; en invierno, decía Hortensia, no se podía estar en las ventanas. «Nos aguantábamos las ganas de mirar no tanto por el frío sino porque el frío te da más hambre; también le teníamos miedo a la tristeza del mar tan oscuro y en aquel penal no te podías permitir la tristeza: mataba tanto como muchas enfermedades.» El invierno estaba hecho para las confidencias. Al principio no hablaban del pasado porque estaban acostumbradas a callar después de los diversos traslados por comisarías y cárceles en espera de juicio. Algunas compañeras se buscaban la vida delatando y la incauta que les contaba sus andanzas durante la guerra se arrepentía luego cuando, al acudir a su juicio, el juez la sorprendía con el relato de delitos que ni siquiera aparecían en el sumario o dando detalles que sólo de su propia boca podrían haber salido. Mejor callar hasta estar bien segura de con quién se estaba una jugando los cuartos. Sólo al segundo invierno, acurrucadas en un rincón de la celda desde el momento en que el sol se ponía, empezaron a compartir recuerdos.

Hortensia había sido detenida en Alicante, cuando intentaba coger un barco que la llevara a Orán y de allí a Francia o a cualquier sitio. «Me daba igual, casi todo me daba igual desde que perdí a mi marido y a mi hijo, uno en los bombardeos de Madrid, el otro en Teruel; hasta me importó bastante poco que me detuvieran. A mí, que siempre me había aterrorizado la cárcel. Luego cambié, me rehíce un poco cuando me trajeron a mi nieto. Pero no estamos aquí para hablar de una servidora, sino de Elvira, que es a la que ahora quieren achicharrar. ¿No podría usted invitarme a un café? Llevo más de tres días que no lo pruebo.»

Le pedí al taxista que nos dejara allí mismo. Estábamos ya en la plaza de España y nos metimos en el primer bar subiendo por Leganitos. Pedimos dos cafés. Miré la hora; todavía me quedaba media para encontrarme con Santos en Casa Santiago, apenas a cinco minutos de allí. Hortensia bebió con avidez su café y respondí a su mirada empujando mi taza hacia ella. Ahora bebió un trago corto, saboreándolo, y siguió con su relato.

A Elvira la detuvieron en su propia casa. No quiso huir. Su marido estaba enfermo y no hubiera podido aguantar el viaje hacia Levante que tantos hicieron. Además, en su casa, en Carabanchel se creían más o menos seguros, mejor que en cualquier otro lugar. Luis, el marido de Elvira, era médico y durante los tres años de guerra atendió gratis a la gente de su barrio. También ella dio clases en un ateneo. Sus vecinos sólo hubieran debido mostrarles agradecimiento. Pero la primera posguerra fue como fue. En los barrios obreros, la única forma que encontraron muchos de librarse de la cárcel o de los paseos fue acusando a otros. Cuando eso no bastaba, hacían redadas en las que se llevaban a cientos de sospechosos. El caso es que los detuvieron a los dos. Al marido, al doctor, le mataron aquella misma noche en el camión y tiraron su cuerpo a la acera. A Elvira la llevaron a la cárcel de Ventas. Desde el primer momento la trataron peor que a las demás presas. Por lo visto, alguien, no le dijeron quién, la había reconocido como trabajadora de una checa.

Aunque a grandes rasgos esa parte de la historia ya la conocía, había dejado a Hortensia hablar durante un rato para confirmar lo que ya sabía de Elvira. No había ninguna discrepancia con lo que me había contado Onofre, el carbonero, y sí un dato más: alguien la había reconocido y atestiguado. El dato podía ser importante porque cada vez estaba más convencido de que todo el asunto tenía que ver con el pasado. De todos modos tenía prisa, prefería ir al grano:

—¿Por qué ha dicho usted que quieren a Elvira viva?

—Por… —Hortensia miró a ambos lados con sus ojillos desconfiados— lo que le voy a enseñar.

En el bar, a aquella hora de media tarde, sólo había dos vendedores de baratijas, con sus blusas negras y anchas, tomando anís como tentempié, y el camarero, absorto en el *Marca*. El ambiente pareció darle confianza a Hortensia, que rebuscó entre sus haldas. Mirando de nuevo a su alrededor sacó y deslizó por la mesa una fotografía muy cuarteada por vieja, por andar en bolsillos ocultos y arrugada bajo las sayas o por haber sido escondida, imaginé, durante mil y un registros carcelarios.

—Ésa es Elvira. En el treinta y ocho. A finales.

Aunque vestía uniforme, reconocí de inmediato a la mujer que, en otra fotografía, empujaba junto a su marido un carrito de niño: la que me entregó Lidia de Martí cuando me contrató y que desde entonces llevaba en mi bolsillo; reconocí a Elvira Nicuesa, un poco más mayor y de miliciana o soldado o policía; sonreía en las dos instantáneas. Junto a ella posaba un hombre con un uniforme similar.

—¿Qué significa esta foto? ¿Por esto quieren matarla?

—Eso me dijo.

—¿Quién es el hombre que la acompaña?

—No se ha fijado usted bien.

Qué gilipollas. Era verdad, no me había fijado. Era el «señorito». En el treinta y ocho, según Hortensia. Dieciocho años atrás, pero no cabía duda: era él.

—¿Cómo se llama?

—Nunca me lo quiso contar —dijo Hortensia encogiéndose de hombros—. Por mi seguridad, al parecer. Cuanto menos supiera mejor para mí. Sólo quería que yo guardara esta copia.

—¿Hay otras?

—Una, que Elvira siempre lleva encima.

—Cuénteme todo lo que sepa de él.

—No mucho, la verdad. En ese momento, ya ve usted que Elvira sonríe, eran amigos, camaradas. Militaban juntos en la checa. Luego parece que las cosas se torcieron. Por lo visto se convirtió en una bestia. Él, el hombre. Quería destacar y se pasaba por el arco de triunfo las normas y los procedimientos. Elvira llegó a denunciarle formalmente cuando mató a un detenido a golpes.

—¿Qué pasó con él?

—Se fugó antes de que le detuvieran y Elvira nunca más supo nada.

—¿Por qué ha guardado la foto desde entonces?

—No me haga mucho caso, pero me da que pensaba que ese hombre les había denunciado a ella y a su marido. Son suposiciones mías, ¿eh?

—¿Y por qué le dio a usted la copia?

—Me dijo que si a ella le pasaba algo, yo debería enviar la foto al Palacio del Pardo, a nombre del general Laseca.

Silbé de asombro. No tenía ni idea de quién era Laseca, pero el Palacio del Pardo era picar muy alto. El Palacio del Pardo no se ocupaba, y menos después de tanto tiempo, de comunistas que denuncian a comunistas. Si la intención de Elvira hubiera sido desenmascarar al «señorito» sólo habría tenido que presentarse en una comisaría y enseñar la foto. Tenía que haber algo más detrás; aquella foto había costado ya cuatro vidas. El «señorito» debía de ser muy poderoso para que Elvira considerara que El Pardo debía encargarse de castigarlo.

—Tenemos que marcharnos —dije—. Antes, sólo dos cosas. ¿Qué sabe usted de una hija de Elvira?

El carbonero me había hablado de una hija que no estaba en casa en el momento de la detención de Elvira y su marido.

—En el treinta y ocho, cuando las cosas empezaron a ponerse feas para la República, Elvira y su marido decidieron mandar a su hija con unos amigos, un matrimonio de Valencia. Después, durante todos estos años, Elvira no ha vuelto a tener noticia de ella. Desaparecida o en la inclusa. O muerta y no se lo dijeron nunca. Vaya usted a saber.

Valencia. La foto con el Miquelet al fondo. El otro matrimonio con dos críos.

—La última pregunta. ¿Dónde está ahora Elvira?

—Puedo encontrarla. No se lo voy a decir hasta que no sepa más de las intenciones de usted, pero la encontraremos cuando yo quiera.

—¿Y si ellos lo hacen primero?

—No lo harán.

—¿Estaba con usted cuando le dispararon?

Asintió con tristeza.

—El que dice usted que es policía se quedó junto al coche, mirándolo todo con sus ojos de sapo. El otro, el elegante, fue detrás de una vieja. Cuando les vi me dio un escalofrío. Yo digo que son presentimientos pero, como a veces no acierto, seguí adelante. Le hice una seña a Elvira para que se diera la vuelta y seguí adelante. Menos mal que estaba oscuro, se conoce que no vieron a Elvira.

—¿Por qué le hizo usted una seña a Elvira?

—Por si acaso. A ver si se cree usted que no sabíamos que alguien estaba matando mujeres.

—Lo que quiero decir es… ¿por qué no se dio usted la vuelta con Elvira y se alejaron las dos?

—Porque yo iba delante de ella unos diez metros o así y ya me habían visto. Si me hubiera dado la vuelta, nos hubieran cazado a las dos.

—¿Por qué se arriesga usted así por ella?

—Se lo debo.

—Cuéntemelo, por favor. La van a matar. Es cuestión de tiempo. Sólo usted y yo podemos impedirlo. Y necesitaremos mucha suerte. Y mucha información. Todo lo que me diga será útil.

—A estas alturas, cuando los periódicos callan y nadie parece acordarse de que los que perdieron la guerra siguen pudriéndose en las cárceles, puede que resulte increíble pero fue como le voy a contar. Elvira era una mujer culta, en la cárcel sin duda la más culta y educada. Se le notaba de lejos. Y me trató como a una igual desde el primer momento. A mí, que apenas sabía hacer la «o» con un canuto y que me había pasado la vida sirviendo. Elvira fue la primera mujer educada que conocía y que no era mi señora y sin embargo me hablaba como si hubiéramos sido vecinas de toda la vida. La admiraba, claro, y le estaba agradecida, aunque ella dijera, y de verdad, que no había por qué. Yo entonces tenía al niño. Debía andar por los nueve o diez meses. Era mi nieto. A mi hija, su madre, me dijeron que la mataron porque intentó huir con el crío en brazos cuando la bajaron del camión al llegar a Ventas. Muerta y todo, una monja la reconoció porque había venido a verme alguna vez y, aunque no la dejaron entrar, la monja se fijó en ella por la criatura. El caso es que me llamaron y me dijeron que aquél era mi nieto. Yo no lo conocía, había nacido después de que me detuvieran. Pero me lo dejaron. Dicen que después vendieron niños y todo, hasta en Saturrarán alguna me contó que le habían quitado a su hijo, pero a mí no; al principio, y en Ventas que era de paso, los críos eran sólo un engorro. Enseguida, claro, le cogí cariño. Elvira, en cuanto le conoció, también. Y estaba enfermo. Bueno, estábamos enfermos los dos, mi nieto y yo. Elvira decía que era gripe para consolarme pero yo sabía que era algo más, peor. Una noche el crío se murió. Sin llorar, sin agonizar, sólo dejó de respirar; ni una bocanada de aire más ruidosa que otra. Sé que es una tontería pero le había enseñado a no hacer ruido, a permanecer silencioso, y me duele pensar que por eso no lloró ni siquiera al final. Así se me fue, en silencio. Tampoco yo grité, aunque me dolía el pecho de aguantarme. No sé lo que me pasó pero no quise entregárselo a las carceleras, ni a las monjas. No podía separarme de él, ¿entiende?

Asentí y le cogí una mano por encima de la mesa. Los dos buhoneros sonrieron. Debieron pensar que estaba tratando de aprovecharme de una mendiga, de obtener un polvo gratis o por un café. No era infrecuente en la época, incluso con mujeres de aquella edad. Hortensia también lo notó y se retrajo.

—Siga, por favor, no les haga caso. Enseguida nos iremos.

—Dos días y tres noches estuvo Elvira hablándome para que yo no me fuera tras mi niño, para que no cogiera una lata de las de la sopa, afilara sus bordes y me cortara el cuello con ella. Dos días y tres noches susurrándome palabras cariñosas. Y yo con el crío en brazos. Las ratas eran casi tan grandes como él, pobrecito, que apenas había crecido. Dos días y tres noches que Elvira no durmió para espantar a las ratas y que no se nos comieran a la criatura y a mí. ¿No se lo debo?

—Claro que sí. Ahora va a venir usted conmigo y la pondremos a salvo. La última pregunta: ¿conoce usted a María Delgado o a Lidia de Martí?

Hortensia negó.

—También tengo que encontrar a esa mujer. Elvira, si usted dice que está a salvo, puede esperar. Además, creo que ella podrá ayudarles a Elvira y a usted. ¿Vamos?

Salimos y nos dirigimos hacia la taberna de Santiago. Aunque elegí calles laterales para no subir por la Gran Vía, temía que en cualquier momento nos detuvieran los hombres de Beltrán o él mismo si había vuelto del hospital. Debían estar vigilando mi casa. Pero tenía que arriesgarme para encontrar a Santos. Debía informarme de lo que había averiguado sobre el paradero de Lidia de Martí; segundo, y ahora tal vez más importante, para ver si él, que vivía de conocer a todo el mundo, podía reconocer por las fotos al «señorito». Por su aspecto no pasaría inadvertido en el pequeño Madrid de los poderosos. Debía averiguarlo cuanto antes porque, fuera quien fuese, una cosa parecía clara: su vida o al menos su forma de vida dependía de Elvira Nicuesa, de lo que Elvira Nicuesa pudiera revelar de su pasado. Y él no estaba dispuesto a tolerarlo. Ahora también sabría que yo andaba metido en el asunto. Incluso a esta hora Beltrán y él estarían al tanto de que me había llevado a Hortensia. Ella y yo éramos los próximos candidatos a cadáver. Nuestras cabezas ya tenían precio. Lo que seguía siendo un misterio era qué pintaba Lidia de Martí en todo el asunto. ¿Por qué había desaparecido de su casa, abandonado a su marido y puesto en movimiento todo el engranaje? La respuesta no iba a tardar en encontrarla.

9

Extremando las precauciones, dejé a Hortensia en una esquina, me acerqué a Casa Santiago y observé el interior a través de los sucios cristales de su único escaparate. La imagen recordaba uno de esos efectos del cine en los que los bordes del cuadro se vuelven turbios y toda la imagen un poco borrosa para indicar que lo que se está viendo pertenece a un sueño o al pasado. Y así parecía ser. Dentro, enmarcados por los churretes del cristal, más añejos y densos en los bordes, turbios en general por el polvo acumulado sobre la luna, podían verse hombres solos sentados silenciosos frente a vasos de vino, también turbios, casi opacos. Cada uno de ellos pensando, imaginé, repasando una y otra vez en qué momento su vida se había torcido para tomar el camino que llevaba hasta ellos mismos sentados en una taberna de cristales turbios. Como si las vidas pudieran tener explicación más allá del azar. No querían comprender que cada vida es única y que no es el pasado lo que explica tu situación actual, sino que es tu situación actual la que explica el pasado. Dejé mi filosofía de baratillo cuando vi a Santos acodado en la barra. Golpeé con los nudillos en el cristal para llamar su atención. No quería ni siquiera entrar: le había prometido a Santiago no comprometer sus acuerdos con la bofia. Santos me vio y salió rápido, olvidándose de pagar, como siempre, o aduciendo frente al tabernero la premura de la situación.

—Tenemos que salir de aquí. Hay dos secretas frente a su portal.

—Espera que recojo a una testigo.

Me acerqué a la esquina y cogí a Hortensia del brazo. Era muy ágil a pesar de la escayola. Me di cuenta de que no bajaba la vista cuando los transeúntes nos miraban con reproche. Yo sí. La mujer llevaba varias faldas, no conté cuántas, y tres jerséis, todos agujereados y con hebras de lana colgando.

—¿Adónde quiere que vayamos? —preguntó Santos cuando nos reunimos con él.

—A una pensión no podemos, rellenan fichas para la policía. ¿Qué me dices de tu casa?

—Sabe que tengo cinco críos.

—No nos encontrarán. Será un día, esta noche, dos a lo sumo. Y yo me marcharé, sólo se quedará allí Hortensia.

—Apenas tenemos para comer nosotros.

—Te pagaré, joder, te pagaré.

—Es por Lavapiés —señaló Santos más animado.

Apenas hablamos durante el trayecto en tranvía. Serían alrededor de las siete de la tarde y nos rodeaban los obreros de vuelta a casa. Sabíamos que entre ellos podría haber policías camuflados. Y más desde los recientes acontecimientos en la universidad. Mezclarse con los obreros era una de las principales fuentes de información de la Social. Callamos, pues, observando aquellas caras cansadas y tristes, las manos sucias, las uñas negras, las boina tiesas del uso, las chaquetas bien cerradas y apretadas para tratar de paliar su insuficiencia frente al frío. La escasez de calorías que había hecho ricos al «señorito» y a tantos como él. En eso podía resumirse la historia de España desde que Franco entró en Madrid. Control férreo de los sueldos, aun a costa de calamidades, corrupción generalizada y componendas entre los diferentes sectores privilegiados del régimen: empresarios, militares, policías, nobles… Es verdad que el país progresaba, pero el precio sólo lo pagaban unos pocos. Lo que dije antes sobre las grietas de Madrid no era más que un ejemplo; lo había visto también en otras ciudades: se trataba de una grieta entre los que se dejaban el cuero por cuatro perras y los que se forraban a su costa. Descaradamente. No era algo que se ocultase. De una u otra forma, los medios oficiales, con el señuelo del progreso, exigían sacrificios casi desesperados para acumular capital que después se repartiría entre todos, absolutamente todos, los españoles. Después, siempre después. Machaconamente, la Iglesia daba su bendición al estado de cosas como si se tratara del derecho natural. Por algo Franco gobernaba por la gracia de Dios. Dios quería que la situación fuera aquélla. Resignación era el consejo que más salía de la boca de los curas.

No me detenía en ese tipo de análisis porque me hubiera convertido de repente a la fe marxista. Seguía pensando que es tarea de cada cual elegir su forma de vivir y de desesperarse, es más, es nuestra única tarea obligatoria mientras estamos vivos. No me había hecho marxista —sabía también que jamás existirá paraíso sobre la tierra—, trataba de pensar como Elvira. Tal vez discurriendo como ella pudiera entrever sus objetivos y las etapas en que pensaba alcanzarlos. Tenía la impresión de que Elvira, al borde de sus fuerzas, viendo cómo se le agotaba, cómo perdía su fe en la justicia humana, divina o histórica, quería hacer un gesto y descabalgar a alguno de los encumbrados mediante la mentira y la corrupción. No soy marxista, pero siempre me han gustado los gestos simbólicos. También es verdad, aunque no lo he dicho, que el caso me atraía porque Lidia de Martí acudía cada vez más a menudo a mi cabeza. Si realmente trataba de ayudar a Elvira en su lucha particular y solitaria, Lidia se me aparecía como una compañera. Y me venía demasiado a la cabeza la palabra «juntos». Salvar a Elvira juntos, desenmascarar al asesino de mendigas… juntos. Luchar juntos. En fin, cuando estás solo y con miedo, es fácil agarrarte a un clavo ardiendo, sobre todo si ese clavo era una mujer de su belleza y, por cómo se había atrevido a desafiar a don León, de su valor. Siempre, aunque he tratado de ocultarlo, he sido un sentimental. Y muy influido por el cine. Yo, que no había combatido en la Guerra Civil, que no tenía una ideología, sentía cómo se me ponía carne de gallina sólo con escuchar o pensar las palabras: luchar juntos. Un sentimental. Sentía algo parecido en las gradas de un estadio.

Nos apeamos del tranvía en la ronda de Valencia y nos dirigimos hacia Sombrerete. Santos nos avisó de que sería imposible mantener en secreto la presencia de Hortensia en su casa porque vivía en una corrala. Él mismo propuso la solución: diríamos que Hortensia era una tía suya recién llegada del pueblo. La idea no era mala: por aquellos tiempos, los mendigos y los campesinos vestían por un estilo. Sin embargo, me excluía: yo sí daría el cante como acompañante de Hortensia. Debíamos resolver nuestros asuntos antes de entrar en la casa.

—Vamos a ese rincón, Hortensia —dije—, y le enseña a Santos la foto.

El rincón, oscurecido por miles de meadas desde los tiempos de Quevedo, apestaba a orines rancios. Ni Hortensia ni Santos dieron muestras de que les molestara. Con pudor, la mendiga se giró hasta quedar de cara a la pared para que no le viéramos alzarse las faldas y cuando volvió a mirarnos tenía en sus manos la foto, que entregó a Santos.

—¿Quién es el hombre? —pregunté.

—Un miliciano, un chequista, un comisario político. Me inclino por el comisario, eran los que más llevaban estos dos cuartos de cuero.

—Fíjate bien. Hortensia y yo le hemos visto hoy mismo. Viste como si le fueran muy bien las cosas. Tiene que ser un personaje conocido. Tienes que saberlo.

—La foto es vieja. Han pasado muchos años.

—¿Conoces a todo Madrid o no conoces a todo Madrid?

Santos estiró el brazo para alejar la fotografía de sus ojos. Sólo me faltaba que el sabueso padeciera de vista cansada. Luego se la acercó de nuevo, la giró un cuarto de vuelta, la volvió a centrar.

—No se lo va usted a creer.

—Me lo creo todo ya.

—Está usted bien jodido, diría yo.

—¡Santos, cojones!

—Entre él y su padre tienen en nómina a la mitad de los funcionarios ministeriales que pintan algo, jueces, a algunos policías…

—Lo de los policías lo sabemos. Beltrán le hace de guardaespaldas.

—No me extraña. También se dice que tienen gente en el mismísimo Pardo.

—¡Santos, coño! ¿Quién es?

La respuesta no me habría congelado tanto si me hubiera dicho que era el mismísimo Millán Astray resucitado.

—Prepare usted las maletas y lárguese. Lo digo en serio. Es Julián Martí.

—¿El hijo de don León Martí?

—Y el marido de su clienta.

—¿Cómo sabes tú eso?

—Me ordenó que la siguiera y soy un profesional. Su clienta no se llama María Delgado, sino Lidia de Martí. Al menos el coche que conduce está a nombre de la señora de Martí.

—Te has perdido lo mejor, Santos. El viejo, don León, me ha mandado buscarla: ha abandonado a su marido.

—¡La hostia puta! ¿Elvira Nicuesa y la familia Martí están relacionadas? Aquí no huele a pis sino a cementerio.

—Y el tal Julián es el que ha matado a las mendigas, al menos el que le disparó a Hortensia.

A Santos se le cayó la colilla que llevaba permanentemente entre los labios. Primero Beltrán, luego León Martí y, por último, Julián Martí. Hacían cola para enterrarme.

—¡Vamos para arriba, señora! —le dijo Santos a Hortensia. Y luego añadió para mí—: Esta noche, mañana a lo sumo. No puedo quedarme más tiempo con ella. No con los Martí babeando por su sangre.

—Así será —le respondí y saqué un par de billetes del bolsillo—. Toma, supongo que a partir de ahora querrás cobrar por adelantado.

—Con esto me adelanta usted cuatro meses.

—¿Vas a protestar?

—Se agradece.

—¿Dónde puedo encontrar a Lidia de Martí?

Santos se sacó del bolsillo un trozo de papel de estraza rasgado de cualquier manera.

—Ahí tiene usted la dirección. En la casa hay otras dos personas. Dos hermanos, según los vecinos. Rojos, represaliados. Llevan poco tiempo viviendo allí. Son una ciega, que se llama Adelaida, y su hermano César. Granda creo que es el apellido.

—¿En serio? Los conozco de cuando era policía en la comisaría del distrito de la plaza de los Frutos. Buena gente. Les detuvieron cuando yo todavía andaba por allí.

—Más le vale que sean de verdad honrados porque si, por salvar su culo o por lo que sea, le denuncian a los Martí no tiene usted salvación. Julián Martí no se destaca por su compasión. Se cuentan historias asquerosas sobre él. Dicen que…

—Ya me darás detalles en otro momento. Cruel, ¿no?

Sanguinario. —Era lo único que me interesaba saber para confirmar que era el chequista a quien Elvira había denunciado ante las autoridades de la República.

—No sólo hace y defiende sus negocios sin detenerse ante nada. Lo que cuentan es que le gusta.

—Cuídala —dije señalando a Hortensia—. Será una testigo de cargo.

—¿Contra los Martí? —preguntó asustado Santos.

—Al menos contra uno de ellos.

—Jamás le dejarán poner la denuncia y, si la pone, se encargarán de que no llegue al juez. Y si de repente hubieran perdido todas sus habilidades y contactos y consiguiera usted que se fijara la fecha para una vista, antes de ese día estarían muertos usted y sus testigos, de cargo o no. Puede que hasta yo estuviera muerto sólo por haber trabajado para usted.

—No te me vengas abajo. Creo que tenemos un as en la manga.

—La mitad de los que entierran antes de viejos tienen ases de ésos y escondidos en mejores sitios.

Santos le indicó con una seña a Hortensia que le siguiera y desaparecieron en el siguiente portal. Yo decidí ir caminando hasta Sol, allí cogería el metro directo a Ventas: la dirección escrita en el papel de estraza era la de una casita en una colonia cercana al parque de la Fuente del Berro. Lo del as en la manga lo había dicho para tranquilizar a Santos y que no se me rajara, pero mientras caminaba lo pensé mejor: Elvira le había dicho a Hortensia que si le pasaba algo, enviara la foto a un general que trabajaba en el Pardo. Cuando encontrara a Elvira se lo preguntaría pero era muy probable que ese general, Laseca, fuera un enemigo más o menos declarado de los Martí o también podría ser que la propia Elvira conociera la forma de ponerlo de su lado. Tal vez no fuera del todo un farol y realmente guardáramos un naipe gordo entre nuestras escasas armas.

10

Al salir del metro, y a pesar de que hacía un par de horas que el sol se había puesto y de que caían algunas gotas, todavía quedaban turistas alrededor de la plaza de toros. Habían comenzado a llegar en masa hacía un par de años o tres. Destellaban sus flashes y destellaban sus dientes. Es verdad que se diferenciaban de la mayoría de nosotros en el vestir: aunque nuestras minorías urbanas y pudientes ya habían comenzado a imitar a los extranjeros y podían verse por las calles de Madrid faldas de vuelo, que dejaban ver medio muslo en los giros de las jóvenes, y en las más mayores faldas de tubo que dificultaban el caminar pero dibujaban los traseros con nitidez cinematográfica, y aunque también algunos hombres llevaban gafas de sol y chaquetas y pantalones de sport, la mayoría de los españoles todavía no seguíamos moda de ningún tipo y continuábamos vistiendo con la ropa que heredábamos de nuestros mayores o de nuestros vecinos siempre que estuviera en buen uso; solamente para las ocasiones, bodas, bautizos y entierros, comprábamos algunas prendas y entonces buscábamos lo solemne y lo de siempre, que quería decir algo que no llamara la atención pero que demostrara que habíamos hecho el gasto. Pero a lo que iba, aunque se diferenciaban de la mayoría en la vestimenta, lo que más hacía destacar a los turistas eran sus envidiadas máquinas fotográficas, con sus duros y relucientes caparazones de cuero, y sobre todo la blancura y alineación de sus dientes. A los más suspicaces de entre nosotros les llevaba incluso a sospechar cierta exageración en la consigna de que constituíamos una nación elegida por Dios y por la historia, la simple comparación de nuestras bocas con las de nuestros cada vez más numerosos y ociosos visitantes. No era posible que una nación tan gloriosa pudiera tener tan corruptas dentaduras, tan amarillas o negruzcas, de tan débiles raíces, de tan alternos apéndices.

Como chispeaba, un grupo de extranjeros que esperaba su autocar se había refugiado en la marquesina del chaflán de la sala San Remo, en la carretera de Aragón, y desde allí, como luciérnagas con calambres, disparaban sus flashes contra los desarrapados muchachos que, a falta de un mejor conocimiento del idioma de los donantes, pedían dinero al grito casi unánime de «padrino, no se lo gaste *usté* en vino». Los turistas, a quienes probablemente sus guías habían instruido en el rito, lanzaban perras gordas al aire y los rapazuelos se peleaban por alcanzarlas o recogerlas del adoquinado. También algunos abuelos, salidos como espectros de las numerosas tabernas que rodeaban el coso de las Ventas, se mezclaban entre los visitantes para dar pases de pecho al aire y cadenciosos naturales rematados con un desplante valiente. Hombres que habían combatido en las más brutales circunstancias por una vida más digna se veían obligados ahora para sobrevivir a torear de salón para regocijo de los que aportaban divisas al país. En eso había terminado la aventura emprendida por todo un pueblo. Algunos se alzaban o bajaban pantalones y camisas para mostrar como cornadas las profundas y estrelladas cicatrices de la metralla.

Pasé frente al grupo para coger la calle de Sancho Dávila y caminar hacia la Fuente del Berro, en concreto hacia la colonia Iturbe, que queda en la cara norte del parque, junto al camino que baja hasta el Arroyo Abroñigal. Hasta uno de sus chalecitos había seguido Santos a Lidia de Martí, la única pieza que me faltaba por colocar en el rompecabezas y también la que consciente o inconscientemente me había convertido a mí mismo en una de esas piezas. La que por razones desconocidas me había metido de lleno en el ajo, vamos. Necesitaba su testimonio, claro, pero también, me confesé, necesitaba verla, mirar sus ojos y creer que la verdad habitaba en ellos, que no me había contratado simplemente para embrollar el asunto, ayudar a su marido o por... no sé, por cualquier otra razón bastarda; necesitaba creer que buscaba amparo en mí, que de alguna forma había sabido o intuido que, de entre todos los hombres, yo era el más adecuado.

¿De alguna forma? ¡Los hermanos Granda! Con la urgencia de esconder a Hortensia y mi ansiedad por encontrar a Lidia había pasado por alto el dato. Según Santos, estaban viviendo con Lidia. Resultaba más que probable que César y Adelaida la hubieran dirigido hacia mí. Eso significaba que lo habían hecho por confianza, que creían que yo podría ayudar a Elvira, a pesar de que en el cincuenta y uno, cuando les conocí, estábamos en bandos opuestos: ellos eran rojos y yo policía.

De la existencia de César, profesor durante la República, me enteré cuando les detuvieron, aunque es cierto que en numerosas ocasiones había escuchado comentarios sobre la existencia de un topo en mi distrito. No era de mi incumbencia, se trataba de un asunto de la Brigada Político Social. Con Adelaida, su hermana, sí que había hablado en algunas ocasiones y hasta le había comprado algún cupón de los ciegos: durante un tiempo solía venderlos en la puerta de los Almacenes Rivas o por las callejuelas adyacentes a la plaza de los Frutos. Hubo un momento en que creí que caería dentro de mi jurisdicción: un chivato habitual vino a la comisaría con el cuento de que había visto a Adelaida ejercer la prostitución en los servicios de la estación. Indagué un poco por mi cuenta y me enteré de que había perdido el permiso o la concesión para vender cupones y había encontrado en la prostitución la única forma de sobrevivir. Por fortuna no me vi obligado a detenerla. Poco después fueron detenidos por la Social. César había pasado doce años, desde el treinta y nueve, escondido tras un falso tabique en el salón de su casa con la única ayuda de su hermana y la compañía de unos cuantos libros e, imagino, la inevitable del miedo. Recuerdo su palidez cadavérica destacando en la celda que compartió, hasta que fue llevado a la Dirección General de Seguridad, con algunos conspicuos representantes de la gente del bronce. Doce años tras las cortinas corridas, sin ver el sol. No pude seguir el proceso que les incoaron pero creo que a él le cayó la pena de muerte, conmutada después por la perpetua, y a ella cuatro años porque no le pudieron probar pertenencia a organización subversiva, aunque el fiscal la acusaba de militar en el Partido Comunista. Según esos datos, César no podía estar en la calle en la actualidad y Adelaida habría salido hacía un año. Tampoco le encontraba explicación a su relación con alguien como la señora de Martí. Pertenecían a mundos tan opuestos como la oscuridad y la luz, las necesidades y el derroche, el terror y la capacidad de causarlo; sólo se me ocurría que, de algún modo, uno de los dos hermanos hubiera trabajado en alguna ocasión para Julián Martí o para la propia Lidia, como yo mismo había hecho para el padre. Ésa era la única relación exigida a ambos mundos: que el uno trabajara para el otro. Con suerte, pronto podría obtener respuesta a esas preguntas.

La casita que buscaba era una de las más modestas, con un jardín delantero minúsculo y descuidado. Unas enredaderas salvajes habían trepado durante años hasta cubrir toda la fachada, a excepción de las ventanas, todas a oscuras. Me acerqué a observar la cancela: baja, no me llegaba ni a la cintura, y su cerrojo no estaba asegurado por ningún candado con lo que podría abrirla con facilidad, aunque el óxido que se apreciaba en las bisagras haría bastante ruidosa la operación. Opté por salvarla por encima. Al poner el primer pie dentro del jardín se callaron los grillos. Y entonces escuché un rumor de voces, lejanas, metálicas. Una radio que cuando di el siguiente paso enmudeció. Sonreí sin querer: una escucha clandestina, probablemente de la Pirenaica o la BBC en español. Si se trataba de los Granda, la cárcel no había podido con ellos. Al momento comenzó a escucharse música clásica. Supuse que desde el interior me habían visto y, en lugar de apagar el aparato de radio, acto más sospechoso, habían movido el dial. No eran malas noticias: ahora tendrían que abrirme la puerta. Llamé.

—Ya va. —Era la voz cascada y floja de un anciano.

No podía tratarse de César Granda que, según mis cálculos, andaría ahora por los cincuenta. Alcancé a oír sus últimos pasos antes de llegar a la puerta: arrastraba los pies con lentitud. Y jadeaba. Tan raro me parecía que saqué el papel de estraza donde llevaba anotado el número de la casa para confirmar. No era un error. La puerta se abrió.

—Llevo días esperándole, señor Perea —dijo César Granda entre jadeos.

Aparentaba setenta. Muy poco pelo y el que le quedaba, níveo. Los ojos acuosos, la barbilla temblorosa y el aire entrando en sus pulmones con dificultad y emitiendo sonidos de alcantarilla, casi como si respirara líquido. Sonrió. Encías vacías.

—Espero que me reconozca —dijo.

—Sí, claro, es usted César. César Granda.

—Un buen fisonomista, un buen policía. Supongo que no es nada fácil.

Sin esperar respuesta, con una seña me indicó que era bien recibido en casa. Entré. La puerta de la calle daba directamente al salón, sin pasillo. No había encendida bombilla alguna. Me quedé junto a un mueble, una cómoda parecía.

—¡Ah! Perdone por la oscuridad. Me gusta. —Cruzó

el salón y encendió una tenue lámpara de pie situada entre dos sillones—. Siéntese, haga el favor. Por una parte es la costumbre, después de tantos años sin poder encender ni una vela, por otro me evita los espejos. A mi hermana tampoco le importa. Recordará que es ciega.

—Sí, claro. ¿Por qué ha dicho usted que me esperaba?

—En la comisaría, la última vez que nos vimos me llamó usted de tú.

—Lo siento, eran… —iba a añadir «otros tiempos», pero comprendí que la frase sólo hubiera tenido sentido para mí. Para aquel hombre avejentado, probablemente enfermo, eran los mismos tiempos en lo que al desprecio concernía. Desde que terminara la guerra persecución y desprecio era todo lo que había recibido. Diecisiete años siendo de un modo u otro un apestado—. Lo siento. Podemos llamarnos los dos de tú ahora.

Volvió a sonreír. Tenía unos labios finos y agrietados que podrían haber hecho de sus sonrisas unas muecas burlonas y dolorosas, pero no era así. Sonreía como si quisiera gastar precisamente en eso, en sonreír, las últimas fuerzas que le quedaban.

—Me conmutaron la *pepa* por una perpetua. Salí hace unos meses porque me estoy muriendo. Dentro les salgo caro y no soy ningún peligro fuera. Espero que con esto hayamos agotado el tema de mi persona.

—¿Y tu hermana?

—¡Ah, claro, Adelaida y esta casa! Sí, supongo que son cuestiones que debemos abordar antes de entrar en el asunto. A Adelaida la soltaron a principios del año pasado. Malvivió como pudo debajo de los puentes del Manzanares. Allí conoció a Hortensia, una mujer que se hizo amiga de Elvira en…

—No te entretengas. Conozco a Hortensia. La tengo protegida.

—¿En serio? —preguntó César con alegría—. ¿Sabes entonces dónde está Elvira?

—No, todavía no. Pero lo sabré. Para eso me contratasteis, ¿no? Continúa, por favor, con lo que estabas contando.

—Cuando a mí me echaron, más que soltaron, del penal le caí encima a la pobre Adelaida como una losa. La basura y la limosna no daban para los dos y menos para mis medicamentos. Volvió a prostituirse. No era nada nuevo para ella. —Hablaba como si lo hiciera de terceros. Tal vez los años como topo y luego los de cárcel no habían cambiado sus ideas (y seguía escuchando a pesar del riesgo emisoras prohibidas), pero sí su visión de la existencia: la vida ya no era un laboratorio donde experimentar con la esperanza, sino un infierno en el que sólo la esperanza aliviaba las quemaduras y a él ya no le quedaba—. Conseguimos vivir en una pensión y malcomer. Lidia alquiló esta casa hace unos días. A mi nombre, claro, no te asustes.

—¿Por qué no me contó quién era desde el principio?

—Temía que no aceptaras; poca gente, mejor dicho, nadie se atrevería a enfrentarse a los Martí. ¿La habrías ayudado de haber sabido quiénes estaban detrás?

—Ahora lo sé y no me he ido.

—¿Por ella?

—Y por mí. Es también una larga historia.

—Me alegro de que hayas venido, ahora que Lidia no está en casa. Te pondré al corriente y todavía estarás a tiempo de cambiar de opinión. A este lado somos todos desesperados.

—Cuéntame pero… creo que a ese lado estoy yo.

11

—¿Tienes la foto de Elvira que te dio Lidia al contratarte? —me preguntó César.

La llevaba en la cartera. Y la recordaba. Dos matrimonios, uno joven, probablemente recién contraído, el de Elvira, empujando a cuatro manos el carrito con su retoño, y otro de mediana edad con dos críos, un chaval adolescente y una chica de unos seis años. Menos el adolescente, todos sonriendo a cámara con los ojos guiñados al sol. Dos matrimonios felices, con atuendos claros de verano, elegantes, clase media, que parecían no saber que la guerra se les venía encima. Le di la fotografía a César.

—¿Sabes quién es éste del pantalón corto y cara de estar en otra parte?

—Lidia sólo identificó a Elvira. Dijo que los demás no tenían importancia, que estaban muertos.

—Esta Lidia… —dijo moviendo la cabeza, como dándola por imposible—. Nunca confiará realmente en nadie. Ha pasado mucho. Jamás se fiará de nadie. Yo le aconsejé que le dijera a usted, perdona, que te dijera toda la verdad pero se negó.

Me dolió que confirmara la desconfianza de Lidia en mí. Hice un esfuerzo por borrarla de mis pensamientos.

—¿Quién es el del pantalón corto?

—Ya lo has adivinado, ¿verdad? Soy yo, sí. Y la niña mi hermana. A Lidia no la podemos ver porque va en el carrito. Elvira es su madre.

—Y una chantajista, ¿no es eso? —Sabía que no podía ser tan simple, pero algo tenía que decir—. ¿Por qué no me habéis contado la verdad desde el primer momento?

—Ya digo que yo era partidario de hacerlo. Lidia, sin embargo, decidió contarte sólo lo que necesitabas saber para encontrarla. Ésa es la razón de que te dijera, aunque no a las claras, que estaba en el río. Para decírtelo «a las claras» debería haberte contado más de la historia…

—Por ejemplo, me tendría que haber hablado de Hortensia…

—Exacto. Y de que nosotros mantuvimos contacto con Hortensia desde que mi hermana salió de la cárcel. Tendría que haberte hablado, por tanto, de nosotros…

—Y yo hubiera podido irle con el cuento a los Martí.

—Ése era un riesgo que yo no consideraba. Sabía que no lo harías.

—Ella sí, ¿verdad?

—Ninguno de los tres pensaba realmente que nos traicionarías. Cuando lo sepas todo, comprenderás que el asunto es muy delicado…

—¿Más que mi pellejo? —Sabía que estaba en mi derecho a enfadarme, que podría haberles dejado en la estacada sin desdoro, ni siquiera profesional, porque habían arriesgado mi vida sin avisarme. Sin embargo, supe que no les abandonaría. ¿Para qué entonces mostrar mi ira?

—Apostamos a que la encontrarías antes de que los Martí supieran que la estabas buscando y fueran a por ti. Podrías haber entrado y salido del asunto sin que ellos se enteraran.

—Apostasteis y perdisteis.

—Y te hemos jodido la vida, sí —dijo César asintiendo avergonzado.

—En fin, ya no tiene solución. Explícate.

—En primer lugar, no es un chantaje, como has dicho, ni siquiera se parece a un chantaje. Se trata de justicia. Pero déjame que lo cuente a mi modo. Al final sabrás tanto como yo, te lo aseguro. Después podrás decidir.

Por segunda vez se esforzaba en mostrarme la puerta abierta para la huida. El propio César no tenía ninguna confianza en el resultado final: creía que los Martí terminarían con todos ellos y quería salvarme de la quema. «Tú no tienes por qué pagar por nuestros errores; lárgate», parecía querer decir. Claro que César no tenía por qué saber de mis relaciones anteriores con León Martí, de mi participación en la muerte del marquesito, y mucho menos de que el propio León, el jefe del clan, me hubiera encargado devolverle a Lidia. Eso es lo que quería decir cuando durante la conversación me coloqué al lado de los desesperados. Yo no tenía salida. O entregaba a Lidia de inmediato o me ponía de su parte hasta el final, aunque eso significara convertirme en objetivo de los Martí.

O terminar con ellos.

Ése era el final que a César no se le pasaba por la cabeza. Nadie vencía a los Martí. Cualquiera en su sano juicio habría razonado como César, pero yo no; no necesitaba esperar al final de su relato: había decidido no entregar a Lidia. O los Martí o nosotros. Ella y yo. Sonaba bien. Hubiera servido para un bolero. Pero de nada servían los buenos boleros cuando se trataba de enfrentarse con alguna posibilidad a una de las familias más ricas de España que había hecho su dinero y asentado su posición a base de corrupción, extorsión y asesinato. Para ellos no éramos más que pequeños obstáculos. Insignificantes. Máxime cuando podrían calificarnos muy fácilmente de subversivos. ¡Joder, la mayoría de «nosotros» había estado en la cárcel! Nadie investigaría nuestras muertes. Como nadie había investigado la de las mendigas. Quizá tuviéramos alguna posibilidad si desapareciéramos en aquel mismo momento camino de Francia o de África o de América. Pero seguro que de eso no querían ni oír hablar los justicieros. Trataban de morir de pie.

—Mis padres y los suyos, los de Lidia, eran buenos amigos —estaba contando César—. Los dos hombres se habían conocido en la Facultad de Medicina de Madrid. Mi padre era profesor ayudante cuando Luis, el de Lidia, comenzó a estudiar. A pesar de la diferencia de edad, como los dos eran de Izquierda Republicana y se veían a menudo en reuniones fuera de la facultad, pronto comenzaron a hacerse confidencias. Los dos tenían unas ideas similares sobre la sanidad en este país, los dos querían que una República introdujera por fin en España la atención médica universal y gratuita. Te cuento todo esto —dijo César levantando la cabeza y mirándome; hasta ahora había hablado con los ojos fijos en los arabescos de la alfombra— no como un esbozo de memorias de un hombre que tiene la muerte cerca, sino porque cada uno de los detalles influye en los hechos que nos han vuelto a reunir. Sigo. En su momento, cuando el rey se exilió, juntos, mi padre y el de Lidia, prepararon el capítulo de salud pública del programa electoral de Izquierda Republicana. Pero desde mucho antes las dos familias nos veíamos a menudo, y no dejamos de hacerlo cuando nosotros nos trasladamos a Valencia al aceptar mi padre la dirección de un hospital en esa ciudad. Al nacer Lidia, en el veintiuno creo que fue, con un pequeño problema respiratorio, el pediatra les aconsejó a Luis y a Elvira que la niña pasara temporadas al nivel del mar. Desde entonces, los veranos eran sagrados. De junio a septiembre Elvira y Lidia vivían con nosotros. Luis venía a verlas siempre que sus obligaciones se lo permitían. De uno de esos veranos es la foto que tienes. Mi hermana y yo tratábamos a Luis y Elvira de «tíos», y cuando Lidia comenzó a hablar hizo lo propio con mis padres. Ahora eso parece más normal pero entonces constituía un lazo muy firme. Ni Lidia ni nosotros teníamos otros primos. No podíamos comparar. En realidad nos considerábamos hermanos. Y Adelaida y ella vivieron como hermanas cuando, en el treinta y seis o treinta y siete, Elvira y Luis decidieron sacar a Lidia de Madrid, evitarle los continuos bombardeos y enviarla a Valencia, a nuestra casa, como es lógico. Durmieron en la misma cama durante toda la guerra. Yo, para entonces, ya vivía en Madrid; me vine para aquí en cuanto empezó la guerra y se necesitó gente para la defensa y más tarde para la enseñanza. Aunque mi padre y Luis seguían perteneciendo al partido de Azaña, Elvira y yo nos habíamos radicalizado. Cuando el Partido Comunista comenzó a organizar el Quinto Regimiento, ella y yo nos inscribimos. Supongo que Elvira, además de sus propias ideas, estaba muy dolida por haber tenido que separarse de su hija.

—¿Por qué Julián Martí militó en esa checa con Elvira? —interrumpí; a pesar de las afirmaciones de César, dudaba de que no se estuviera recreando en el relato—. Perdona, pero para salir de ésta, yo necesito hechos, datos, y los necesito ya.

—Ahora llegamos ahí. Mientras que a mí me destinaron a funciones de enseñanza y formación política en el frente de la Universitaria, a Elvira la mandaron a una checa para tareas de administración. Como supongo que sabes, los Martí vivían en Valencia. Y yo conocía a Julián del colegio. Según me contó mi padre en una carta, una noche, muy tarde ya, a una hora muy rara para las visitas, León Martí se presentó en nuestra casa y dijo claramente que venía a pedirle un favor. Con toda la educación posible alegó en primer lugar la amistad que nos unía a su hijo y a mí. Estaba seguro, dijo León, de que su hijo César, yo, querría ayudar a su Julián. ¿En qué? Resulta que su hijo mayor, su heredero, en el que tenía puestas todas sus esperanzas para la supervivencia de la familia, quería defender la República y defender Madrid. Lo que pedía era que entre mi padre, yo y nuestras respectivas amistades, le consiguiéramos a Julián un puesto, de responsabilidad incluso, no le importaba comprometerse con la República, pero que no le enviaran al frente.

—Pero… tengo entendido que por entonces don León ya comenzaba a destacar como empresario y algunos le acusaban de acaparador e incluso de quintacolumnista. Creo que incluso le llevaron a juicio durante la guerra por comercio ilegal o algo así.

—Eso fue más tarde, casi al final —asintió César—. Por entonces sólo eran rumores. Rumores de los que, por otra parte, mi padre no tenía ni idea. Ni yo. Hablamos con conocidos y Elvira le encontró un puesto en su checa; hay que decir que Julián tenía preparación policial; aunque luego lo dejó para ayudar a su padre en los negocios, desde siempre, desde el colegio, Julián había querido ser policía y había pasado un tiempo en la academia. Constaba en su expediente. El puesto en la checa le venía que ni pintado. El que tú llamas don León y el propio Julián aceptaron el destino con gran exhibición de agradecimiento. Algún día nos devolverían el favor, me escribió mi padre que prometieron. A la luz de los acontecimientos posteriores, ahora tengo clara la jugada de los Martí. León ya había colocado a un hijo, al menor, Otón creo que se llamaba, entre los nacionales; después murió en Teruel. Pero en aquel momento, acusado como tú dices de prácticas contrarrevolucionarias y siempre con manejos turbios del mercado, León, el don León de ahora, creyó que necesitaba algún tipo de aval para no ser acusado de fascista. Se le ocurrió colocar a su otro hijo entre los republicanos y mejor aún entre los comunistas, que entonces crecían como la espuma. De modo que se presentó ante mi padre y le pidió el favor; fíjate que, con mucho arte en el engaño, lo presentó como cosa hecha, como deseo del propio Julián, y que él sólo pedía lo que hubiera rogado cualquier padre amante y temeroso: el favor de que no le enviaran al frente. —César suspiró—. Lo consiguió.

—¿Qué hizo después de la guerra? ¿Cómo logró lavar el expediente de Julián, ocultar su pasado?

—En primer lugar con su propia credibilidad. Aunque no le pudieron probar nada, había sido acusado por la República, lo que ya era un mérito para los falangistas encargados de la primera hornada de represión; pero además los rumores que corrían por Valencia durante la guerra eran verdad: no sólo acaparaba, también, como quintacolumnista, montó una red para sacar de territorio republicano a los fascistas valencianos adinerados. De esa forma, no sólo se enriqueció un poco más, sino que, tras la victoria de Franco, tuvo testigos de su adhesión al levantamiento militar y de los muchos riesgos que había tomado por ello. Por otra parte, uno de sus hijos había muerto por el Alzamiento. Todo un pedigrí.

—Y con Julián, ¿qué pasó? Porque al terminar la guerra los falangistas montaron todo un aparato de identificación de rojos precisamente para que no se les colaran goles como ése. A la propia Elvira la reconocieron como miembro de la checa y la condenaron.

—También mis padres podrían haber sido testigos contra Julián, sí —dijo César con un tono apagado.

—Y tú mismo.

—Yo no. Me escondí para no serlo; viví como un topo durante diecisiete años, no tanto para evitar la cárcel como para evitar la muerte. —De nuevo en sus palabras la culpa de estar vivo—. A mis padres les encarcelaron los Martí para que no hablaran.

—Perdona que no me detenga en condolencias: ¿qué pasó con Lidia entonces, cuando encarcelaron a tus padres?

—Y con mi hermana —dijo, aunque podía ver claramente que sus pensamientos, probablemente sus recuerdos, andaban por otro sitio.

—También con tu hermana, sí.

—Hace tan sólo unos días que se lo he contado a Lidia, la pobre no sabía nada. Durante todos estos años no he sentido que me doliera tanto como al hacer memoria. Me ahoga más ahora que cuando sucedió todo.

—Cuéntamelo rápido, por favor. Vamos a intentar sacar a Lidia de ésta.

César asintió, aunque me pidió calma con un gesto de la mano: trataba de encubrir con su tos de enfermo las lágrimas. Mientras le daba tiempo a recuperarse, pensé que yo también había caído en el terreno de las culpas y las responsabilidades: había dicho que íbamos a sacar a Lidia de ésta, sólo a Lidia, la inocente, como si los demás no tuviéramos el mismo derecho a vivir. Cuando terminaron sus espasmos, los pulmones de César sonaban como si recibieran y expulsaran el aire no sólo por la laringe sino por multitud de conductos abiertos en los entresijos de su tórax, como un fuelle apuñalado.

—A mis padres les mandó matar León Martí. Es cierto que no se presentó en mi casa y les dio él mismo el paseo. Pero, una vez detenidos, la cadencia de los acontecimientos fue la misma que en el caso de Elvira en Madrid. León Martí organizó al mismo tiempo el reconocimiento y la acusación de Elvira y la de mis padres. Inmediatamente después de detenidos se presentó un individuo que dijo haberles visto manejando armas. A Elvira la reconoció una persona que había estado detenida en la checa y, evidentemente, después liberada. A mis padres el testigo les acusó de haber participado en una operación de los de Asalto. Con sus propios ojos, afirmaba, les había visto planear y dirigir la operación frente a un mapa de la sala de banderas del cuartel de la Guardia de Asalto; los dos, mi padre y mi madre, con las cartucheras cargadas y bien a la vista. Se acordaba muy bien de ellos porque mi madre abroncó a los guardias por permitir que un detenido estuviera viendo aquellos cálculos secretos. No sabemos si Elvira recordaba a su acusador porque ninguno de nosotros recibió noticias suyas una vez abierto el sumario. Sabemos, sin embargo, que mis padres no es que no recordaran al tipo, es que en su vida habían puesto los pies en un cuartel de los de Asalto y mi madre jamás había llevado un arma encima. A ella sí le permitieron hablar con mi hermana Adelaida. ¿Sabes por qué? Por dos razones: una, que Adelaida no era un testigo fiable al haber perdido un porcentaje bastante alto de su visión en un bombardeo y no se arriesgaban a nada autorizando aquella entrevista; dos, porque durante aquella comunicación, mi madre tuvo tiempo de obligarle a prometer a Adelaida que jamás, pasara lo que pasase, denunciaría a los Martí.

—¿Sólo por eso crees saber que los Martí están detrás de las denuncias a tus padres? Tu madre, en la celda, tuvo mucho tiempo para pensar y es lógico que le advirtiera a Adelaida que no hablara de vuestra relación con los Martí. A los vencedores no suele gustarles que les recuerden sus relaciones con los derrotados.

—Eso es cierto, de ahí parte todo lo demás, pero te equivocas en una cosa: de haber sido verdadera la acusación contra mis padres, los únicos que nos podrían haber ayudado hubieran sido los Martí. Nos debían el favor desde que ayudamos a Julián a militar en el Partido Comunista. ¿Por qué mi madre impidió que Adelaida fuera a pedirle el favor a León Martí?

—Porque sabía que la acusación contra ella era falsa —admití.

—¡Exacto! Si habían organizado con tanta precisión una falsa acusación contra ella y contra mi padre era porque León Martí no quería vivo a nadie que supiera que su Julián había hecho la guerra en una checa, en Madrid. Mi madre obligó a mi hermana a marcharse. La hubieran matado.

—¿Qué hizo Adelaida?

—Venirse a Madrid, conmigo, para ayudarme; en realidad, para entregar la mierda de vida que le quedaba a mí.

—Deja de compadecerte a ti mismo.

—No me compadezco, cuento lo que ocurrió, la verdad. Adelaida ha pasado hambre y frío y sobre todo miedo, mucho miedo para alimentar mi cobardía. Ha llegado hasta lo más bajo por mí.

—¿No la siguieron mientras te buscaba?

—Nunca nos encontraron —dijo encogiéndose de hombros—. Con uno de los últimos camaradas que salieron de Madrid hacia Valencia antes de que entraran los fascistas, le había enviado a Adelaida una nota, en clave, una clave que utilizábamos como juego de pequeños, que le permitiría localizarme. Y así lo hizo.

—¿Y Lidia? —pregunté ansioso.

—Déjame terminar, te aseguro que entonces conocerás mejor a León Martí. Y te interesa conocerle hasta en lo más íntimo si de verdad todavía quieres enfrentarte a él.

A pesar de que César tenía una buena parte de razón, de nuevo me tuve que morder la lengua para no decirle que ya conocía bien a don León, que había trabajado para él, que prácticamente había matado para él. Con un ademán le indiqué que continuara con su actitud profesoral, con su voz pedante, por esa senda hacia la muerte. Sonrió.

—Tantos años pasé escondido que hasta tuve tiempo de fantasear con una posible denuncia sobre León Martí. No salía ni siquiera de noche, pero escuchaba la radio, leía los periódicos atrasados que mi hermana rescataba de las basuras de algunos hoteles e incluso ella misma, a veces, se enteraba de acontecimientos y me transmitía los rumores, lo que pensaba la gente de la calle. En fin, que me puse a fantasear con una acusación contra León Martí. ¿La conclusión? Incluso si nosotros hubiéramos sido afectos al régimen y nuestro testimonio tomado en cuenta, carecíamos de pruebas, ninguna, ni siquiera circunstancial; sólo habríamos tenido alguna posibilidad si quien delató a mis padres con un falso testimonio se avenía a contar la verdad delante de un juez. Y eso era imposible. Esa persona, todavía recuerdo su nombre, Secundino Galán Labreña, había sido atropellado por un automóvil. Y también murió, en esta ocasión por intoxicación con setas venenosas, el individuo que delató a Elvira Nicuesa. Ninguno de los dos llegó a viejo. Conclusión que te puede servir: que no duda en matar ya lo sabíamos, ¿no? Lo importante, lo que debemos considerar y tener siempre presente, es que no deja ningún cabo suelto, ni el más sutil, que mata por muy lejana relación que el muerto tenga con sus negocios…

—En el argot le llamamos «asesino de primos terceros».

—¡Eso es! —rió César; debía tener dudas sobre su cordura y se animaba cuando probaba que sus elucubraciones estaban basadas en la realidad—. ¡Primos terceros, claro! Qué bien definido. Por ejemplo, no le importa matar, o mandar matar, a cuatro mendigas viejas, tan alcoholizadas y hambrientas que no reconocerían ni a su propia madre, por si se diera el caso, ya de hecho imposible, de que detuvieran a Julián y convocaran a alguna de ellas para declarar o para identificarle en una rueda de reconocimiento. No deja nada al azar.

—¿Por qué sabes que es Julián quien dispara contra esas mujeres?

—Fue mi compañero de colegio: le conozco. Su padre le crió para que le gustase el oficio y para ser un hombre duro. Además, en este caso, cuanta menos gente se entere de lo que se está cociendo, mejor. Si utilizaran a alguno de sus sicarios, después tendrían que matarle.

Un par de aspectos más me habían interesado de los últimos argumentos de César.

Por un lado, el decir que no tenía prueba alguna, ni siquiera circunstancial contra los Martí, significaba que desconocía la existencia de la foto en la que Julián Martí posaba sonriente, con uniforme policial republicano, comunista, junto a Elvira. O lo que era lo mismo: ellos, Lidia, Adelaida y César, no habían tenido contacto con Elvira tras salir ésta de la cárcel.

Otro aspecto más, ya digo, del relato de César había atraído mi atención. Si no tenían pruebas contra los Martí era porque la mentira sobre las actividades de Julián durante la guerra había sido muy bien tramada. Le pregunté a César:

—¿Qué dijeron que había estado haciendo Julián durante la guerra?

—Algo tan sencillo, tan elemental que yo habría pasado miedo al plantearlo. Pero, como se ha demostrado, eficaz, tan eficaz como todo lo que hace León Martí. El argumento era más o menos así, tipo NO-DO: «Al alzarse en armas el pueblo español, encabezado por su ejército, contra la República, Julián, a la sazón de veinte años, se encontraba en Inglaterra para curarse de una enfermedad nerviosa». Enfermedad nerviosa, ¿no es genial? Con esto, date cuenta, Héctor, respondían a las posibles preguntas de por qué en su momento nada se supo del viaje de Julián a Inglaterra. Evidente: ninguna familia airea las enfermedades «nerviosas» de sus vástagos; cualquiera que se pusiera en su lugar, sin prejuicios como los rojos, lo entendería. El heredero sufría de los nervios y requería atenciones que por entonces no existían en España. La familia tenía el deber de proporcionarle esos cuidados médicos pero no tenía por qué contárselo a todo el mundo. Genial. El siguiente paso para el camuflaje histórico también es sencillo pero muy meditado. Aunque tardó, porque para no sufrir alteraciones tenía restringidas las lecturas sobre la situación española (al chico le dolía tanto España que los médicos no descartaban que ella constituyera una buena parte de la explicación de su enfermedad), Julián terminó por enterarse de que había estallado la guerra. Si andaba en vías de curación, la noticia acabó con las esperanzas de doctores y familiares. Desde que se enterara, Julián sólo había tenido un pensamiento en la cabeza: volver a la patria y luchar contra aquellos fratricidas que querían convertirla en Rusia, peor aún, en un satélite de Rusia. Sus padres, don León y señora, patriotas también, pensaron que su hijo estaba en su derecho, como cualquier otro joven sano, de defender España. Y consultaron con los médicos acerca de la posibilidad de darle el alta para que pudiera saciar su patriotismo. Al tiempo, y eso consta en una carta bien archivada, don León consultó con el Alto Mando Militar de Franco si aceptarían a su primogénito en tareas de Estado Mayor. La solicitud le fue denegada, como le fue denegada el alta médica. Los Martí hubieron de resignarse: Julián no podría combatir. Menos mal que tenían al hijo pequeño entre las cohortes falangistas y eso salvaba su honor.

»Todo eso, date cuenta, Héctor, el trabajo que significa, todo está en cartas que León, utilizando sus conductos bien engrasados de contrabandista, hacía salir de Valencia y llegar a Burgos, al Estado Mayor del Generalísimo, en cuyos archivos podrán ser consultadas llegado el caso. Al tiempo, León se carteaba con funcionarios republicanos para quejarse de que su hijo menor hubiera traicionado el orden constitucional y se hubiera afiliado a Falange; menos mal, les contaba a los funcionarios, que su hijo mayor estaba dando lo mejor de sí mismo, de su juventud, luchando en primera línea contra los saboteadores, los traidores, los quintacolumnistas, algo tan difícil y peligroso como el propio frente de guerra. También esas cartas quedarían convenientemente custodiadas en los archivos republicanos. Llegado el caso, tiraría de unos archivos u otros. ¿Cómo podía estar tan seguro de que la jugada saldría bien? Nunca alcanzaría la seguridad plena pero sí aumentaba, y en mucho, sus probabilidades si pagaba a alguien en cada bando, a un archivero, para que a una orden suya, a una llamada, destruyera los archivos que conviniera según quien ganara la guerra.

—¿Cómo puedes saberlo tan al detalle? ¿No será que pensaste demasiado mientras fuiste topo?

—En absoluto. —Y César volvía a reír: de nuevo comulgaba con la realidad—. Elvira lo descubrió poco antes de terminar la guerra y lo denunció a las autoridades.

También yo sonreía. También yo comulgaba con la realidad. César se lo tomó a mal.

—¿No me crees? —preguntó indignado.

—Al contrario. Tengo que creerte. Sabía de esa denuncia, aunque creía que en ella se acusaba a Julián de matar a golpes a un detenido.

—También. Eso fue unos días antes. Otro punto a anotar: el padre y el hijo matan a primos terceros pero, mientras que el padre lo hace con racionalidad, para evitarse problemas, al hijo le gusta. ¿A que la tal Hortensia te ha confirmado que fue Julián Martí quien disparó contra ella y probablemente contra las cuatro muertas?

—Sí, lo reconoció.

—¿Lo ves? Le gusta. Tiene multitud de sicarios que podrían matar por él, pero se da el placer de hacerlo por sí mismo.

—¿Por qué no lo impide don León? Su heredero no debería arriesgarse así.

—Supongo que otras veces se lo prohíbe. En este caso no, ya te lo he explicado antes, porque hay mucho en juego. La propia familia Martí está en juego. Cuantas menos personas sepan lo que hizo Julián durante la guerra, mejor. Es mejor que Julián mate a Elvira y a quienes puedan llevarle hasta ella. Así no hay que explicar nada comprometido a terceros. Es racional. León no tiene nada en contra.

—Sigue con la denuncia. ¿Por qué los chequistas no detuvieron a Julián? ¿Por qué la policía de Franco no encontró esas cartas de las que hablas cuando entraron en la checa?

—Cuando Elvira le denunció por asesinato, Julián desapareció y ella siguió indagando hasta descubrir que uno de los archiveros estaba comprado por León Martí. A ése sí le detuvieron y confesó. Pero ya era demasiado tarde, estábamos a principios del treinta y nueve. La suerte de la República estaba echada. Según la declaración del archivero, León Martí le había ordenado, apenas unas semanas atrás, hacer desaparecer todos los documentos que se relacionaban con su hijo. Y el archivero había obedecido. No sólo quemó documentos en la checa de Fomento, también unas cartas que León le había encomendado destruir especialmente y que estaban en Gobernación. El archivero lo arregló por unas pesetas con su colega del ministerio. En aquellos momentos que ya empezaban a quemarse muchos archivos completos, unas cartas más o menos no tenían importancia. Fusilaron a los dos archiveros porque, curiosamente, en cuanto les detuvieron como consecuencia de la denuncia de Elvira, llegaron anónimamente pruebas indiscutibles sobre su connivencia con la quinta columna, pruebas suficientes para que les dieran la *pepa*.

—¿León Martí?

—Ahora lo suponemos. Entonces, claro, Elvira no tenía ni idea de que León pudiera llegar a tanto.

—¿Y Julián?

—De Julián nunca más se supo. Imagino que fue entonces cuando volvió a Valencia para que su padre le escondiera o le enviara con sus contrabandistas a zona nacional. De cualquier modo, nadie siguió investigando porque se perdió la guerra. Por cierto, Elvira se quedó en Madrid, a esperar casi con seguridad la muerte, para organizar la evacuación de los camaradas. Está mal el decirlo pero... con ella nos quedamos Adelaida y yo.

—A morir de pie.

César me miró durante más tiempo que en ninguna otra ocasión. Pareció que por primera vez se daba cuenta de que yo podía pensar. Tal vez, antes de decirle a Lidia que me pidiera ayuda, había hecho dos columnas con mis ventajas y mis inconvenientes. Bajo «ventajas», mi locura y mi escasa ambición económica, quizá también mi experiencia como investigador; bajo «inconvenientes», mi falta de imaginación por haber sido formado como policía franquista.

—Sí, a morir de pie. Tan mal lo hicimos que ni siquiera eso conseguimos.

—No te atormentes. Parece que ahora, después de todos esos años a los que te refieres tan a menudo, vas a enmendarte o vais a enmendaros: ahora lo conseguiréis. Y puede que de pie. No es seguro, ¿eh? Hasta el final no se sabe lo que cada uno aguantará erguido.

—Nuestra esperanza es llevarnos a los Martí por delante, al menos a uno.

—¿Y no importa que Lidia caiga también?

—Para evitarlo te hemos contratado a ti.

—Habré entendido mal: creía que queríais que encontrara a Elvira.

—Así es… en esta primera fase. Cuando nos reunamos con Elvira, nos pongamos de acuerdo y demos nuestro… Dejémoslo aquí. Es preferible que tú no lo sepas. Por seguridad. Lo que sí tienes que grabarte en lo más profundo de tu cerebro es que, cuando nosotros te lo digamos, deberás preocuparte exclusivamente, y digo exclusivamente, de proteger a Lidia, de sacarla de España, como sea. Los demás, con suerte, moriremos de pie, sí.

Confirmado: estaban todos como putas cabras. Como si adivinara mis pensamientos César dijo:

—No estamos locos, créeme. Podemos terminar con los Martí.

—¿Está Lidia al tanto de que su madre y vosotros os vais a suicidar?

—No, Lidia no sabe lo que pensamos hacer. Cree que denunciaremos legalmente a los Martí.

—Si queréis que sea eficaz tienes que seguir contándome los detalles hasta el final, hasta el día de hoy.

—No te diré cómo pensamos hacerlo.

—Yo decidiré cuánto necesito saber. Te aseguro que no preguntaré nada que no sea imprescindible para cuidar de Lidia. Pero lo que pregunte, o me lo contestas o me marcho.

Supongo que no se tragó el farol y que intuía que yo ya no abandonaría a Lidia por muy mal que se pusieran las cosas. También debió comprender que lo que le exigía era razonable. Le tendí la mano para sellar el pacto, me la estrechó con fuerza.

—Por fin le toca el turno a Lidia, ¿no? —comenté para luego preguntar—: ¿Qué fue de ella después de la guerra?

12

—No estoy seguro de si fue a finales del treinta y seis o a comienzos del treinta y siete… —dijo César mientras forzaba su memoria—. ¡No! Seguro: en diciembre del treinta y seis, porque fue justo antes de la primera Navidad que pasamos juntos. Después nos reuniríamos dos veces más, las otras dos Navidades de la guerra. Fíjate cómo sería el amor que sus padres le tenían a Lidia y tal vez su sentimiento de culpa por haberse separado de ella, que hasta en diciembre del treinta y ocho, se arriesgaron a llegar hasta Valencia y luego volver a Madrid, cuando ya la República estaba prácticamente desintegrada.

—Tú también lo hiciste, ¿no?

—¿Cómo? —preguntó aunque había entendido perfectamente; sólo trataba de ganar tiempo.

—Que tú también viajaste de Madrid a Valencia en el treinta y ocho, que también te arriesgaste sólo por pasar una Navidad en familia.

—Presentí que sería la última, aunque no hacía falta ser un adivino. Bueno, eso da igual. El caso es que a finales del treinta y seis, Elvira y Luis llegaron en el tren trayendo a Lidia. Tenía entonces diez años… sí, mi hermana diecisiete y yo veinticuatro… eso es. Lidia era entonces la criatura más bonita y más lista que yo había contemplado jamás. Sí, y ya de paso te contesto también a la pregunta de antes: sí, hablo como un padre alelado porque así me siento, así me sentí siempre, su padre. No un hermano mayor ni nada de eso, me sentí su padre, porque el suyo la había abandonado. Qué ridículo. He sido siempre ridículo para el amor, para cualquier clase de amor. Me siento el padre de Lidia aunque yo también la abandoné menos de cuatro meses después. Me fui de Valencia para fallas del treinta y siete. Antes de terminar el año ya estaba en el frente de Madrid.

—¿Le afectó de alguna manera a Lidia que sus padres la dejaran en Valencia?

—No soy especialista y no podría poner la mano en el fuego, pero a mi entender no la afectó en un sentido patológico, si es lo que preguntas. Les echó de menos, claro, normal. Sin embargo nos conocía muy bien, ya te digo, y nos quería. Sobre todo a mi hermana y a mí. Con Adelaida, al final eran amigas de verdad. No sólo hermanas, también amigas, si sabes lo que quiero decirte.

—Claro.

—Lo digo por si te extraña la seguridad con que haré algunas afirmaciones sobre Lidia. Todo lo que sabemos sobre ella, hasta lo más íntimo, es porque ella misma nos lo contó a mi hermana o a mí.

—¿Cómo se pudo casar con Julián Martí? Supongo que pensaba como sus padres, como vosotros…

—No adelantemos acontecimientos, ¿de acuerdo? En

cuanto a la pregunta concreta, házsela a Lidia la próxima vez que la veas. Puede que ni sepa contestarte. Desde luego, su matrimonio no cumplió todos los requisitos de la Iglesia: amor, respeto y libre albedrío.

—¿La obligaron los Martí?

—Paciencia. Incluso los aspectos más colaterales de lo que voy a contarte pueden tener su importancia llegado el caso.

—De acuerdo, no me lo repitas más. ¿Cuándo vendrá Lidia?

—Cuando yo le diga a mi hermana que todo está en orden. No me obligues a decirte «no» preguntándome el método.

—¿Alguna señal en la ventana? —Me reí.

—Adelaida, de una forma u otra, no ha dejado de militar en todo este tiempo. Por tonterías como ésa de la que te ríes continuamos vivos.

—Perdona.

—Mis padres tenían una buena posición durante la guerra y ni Lidia ni mi hermana pasaron necesidades. Incomodidades sí, pero nada más. Continuaron yendo a la escuela con normalidad siempre que los aviones enemigos lo permitían. Mi hermana perdió la vista casi al final, cuando ya nada era normal. No hay mucho más que reseñar de ese período. Cuando los fascistas iban a entrar en Valencia, mi padre, aunque estaba convencido de que a ninguno de ellos les perseguirían porque no tenían delitos de sangre en su currículo, quiso asegurar, si no la libertad, que no la veía en peligro, sí la tranquilidad de sus «tres mujeres», como él decía. Y trató de encontrarles plaza en algún vapor que saliera hacia Francia. No quería mandarlas más lejos, a Estados Unidos, por ejemplo, porque pensaba que sería cuestión de meses, quizá hasta de semanas, el que la vida se normalizara, al menos en lo que a represión se refería. En cualquier caso, no encontró pasaje lo suficientemente seguro. Y también erró en su apreciación sobre la duración de la campaña represiva. Imagínate que lo que para él iban a ser meses, tal vez semanas, continúa todavía. Lidia me ha contado uno de estos días, aquí mismo, donde tú estás, que mi padre supo lo que iba a pasar una mañana de abril del treinta y nueve cuando vio en la calle, paseando con uniforme falangista recién estrenado, a Julián Martí. Según Lidia llegó a casa muy alterado y les ordenó a mi madre y a ellas hacer el equipaje. Sólo una maleta por persona y tenía que estar lista en media hora. Ante la desesperación de mi padre, mi madre retrasó un poco la puesta en marcha preguntando una y otra vez las razones de ese viaje tan inopinado y después discutiendo sobre el peso que podía llevar cada una y tratando de conseguir un neceser más por persona. Solamente dejó de protestar cuando mi padre se la llevó a un aparte y le dijo exactamente dos frases. Es posible (Lidia y Adelaida no se ponen de acuerdo y es cuestión de minutos) que la tozudez de mi madre cambiara para siempre la vida de todos nosotros. También es posible que, de no haberlos detenido en Valencia, lo hubieran hecho horas, días, semanas o meses más tarde en cualquier otro lugar. El caso es que, mientras las mujeres hacían el equipaje, mi padre consiguió en el hospital del que seguía siendo director, pues ni siquiera habían tenido tiempo de cesarle, consiguió, ya digo, aunque sería más apropiado «robó», una ambulancia con la intención de llegar en ella hasta una estación de ferrocarril que no fuera la del Norte en Valencia, a la que suponía pondrían vigilancia. Cuando volvió a nuestra casa las mujeres estaban esperándole con el equipaje listo y, sin hacer más preguntas, subieron las tres a la parte trasera de la ambulancia. De ese modo parecería tan sólo un hombre conduciendo una ambulancia. En principio lo menos sospechoso para un policía. Cuando arrancó el auto y avanzaron los primeros cien metros hasta la esquina, Lidia recuerda que escuchó cómo mi padre exhalaba con alivio el aire encerrado en sus pulmones durante la operación. Con tono risueño les preguntó a las de atrás si viajaban cómodas y les contó sus planes: quería llegar a Chiva, abandonar la ambulancia y coger el primer tren que pasara, hacia donde pasara. Ahora no podía contarles pero lo haría esa misma noche, en cuanto tuvieran una habitación para estar a solas y charlar. No llegaron a la siguiente manzana; les estaba contando que entre los cuatro decidirían adónde asentarse cuando un coche verde del ejército se les cruzó en la esquina. Mi madre y las chicas no podían ver nada a través de los cristales esmerilados de los laterales y la trasera del vehículo; Lidia recuerda que mi padre blasfemó y dejó caer la cabeza sobre el volante, sin fuerza, sin voluntad; la presión de la frente de mi padre hizo que el claxon de la ambulancia comenzara a sonar, tan intempestivo que algún soldado sorprendido o muerto de miedo disparó una ráfaga de metralleta. Los disparos también los recuerda Adelaida. Las voces les obligaron a salir; entre los de delante y los de detrás contaron por lo menos cinco vehículos. Inmediatamente les separaron: a mi padre se lo llevó el que parecía de mayor graduación, lo subió a empellones a un auto que arrancó y se perdió con gran rapidez. A mi madre, entre chanzas, toqueteos e insultos, la subieron a un camión descubierto, que también se fue aunque en dirección diferente a la de mi padre. Ellas dos esperaron junto al equipaje a que los soldados discutieran qué hacer con la ambulancia; después las trasladaron a un convento de monjas. Adelaida cree que a ellas nos las tocaron ni las insultaron como a mi madre precisamente para que después no se lo contaran a las monjas. También por la misma razón les permitieron conservar a cada una su maleta. No lo sabían pero Lidia no volvería a ver ni a mi padre ni a mi madre. Adelaida sí vio a mi madre una vez, para la entrevista en que le hizo prometer que no denunciaría a los Martí pasara lo que pasase. A mi padre jamás. Ni podían saber las dos niñas que después de esa noche, en la que durmieron juntas y abrazadas en la celda de una de las monjas, tampoco ellas volverían a verse hasta hace unos quince días, muchos años después.

—En el aparte ese que comentas, tu padre le dijo a tu madre que, si les ocurría algo, serían los Martí los que estuvieran detrás de su denuncia.

—Ahora así lo creemos. Por eso, como ya te he contado, mi madre, muy práctica, aprovechó y ocupó prácticamente toda la entrevista, la única vez que vería ya a su hija, en advertirla contra ellos, contra los Martí.

—¿Juzgaron a Adelaida o algo?

—Tenía sólo dieciocho años —dijo negando César—, era menor de edad. Desde el convento la trasladaron a una comisaría y la pusieron en libertad unos quince días más tarde, ni ella misma se acuerda de exactamente cuántos días; después ya te he contado que se vino a Madrid para ayudarme.

—¿No buscó a Lidia? —pregunté extrañado.

—¡Cómo no iba a buscarla, hombre! Lo hizo, claro que lo hizo, pasó dos días y dos noches sin comer, sólo bebiendo agua de las fuentes públicas, y arriesgándose para ir de comisaría en comisaría. Del convento, que fue donde primero preguntó, la enviaron a un orfanato y de éste a otro; después las comisarías. Cuando ya el hambre no le permitía ni andar, se subió de polizonte a un tren que venía a Madrid.

—¿Qué hicieron con Lidia?

—Por lo visto, pasó un par de meses en aquel mismo convento. A Adelaida evidentemente las monjas la engañaron cuando preguntó por ella. A Lidia le insistían en que no estaba presa, ni siquiera detenida, pero no le permitían salir. Para que todo fuera o pareciera normal, si algo de toda esta historia puede considerarse normal, las monjas primero le propusieron ingresar en la orden y después, cuando ella se negó repetidas veces, le dijeron con mucha amabilidad, recuerda, hasta con cariño que la iban a dar en adopción. Así se lo dijeron, con esas mismas palabras, Lidia recuerda exactamente la frase: «Vamos a darte en adopción, pequeña». Y le doraron mucho la píldora. Muchas y muy buenas familias valencianas habían perdido hijos e hijas durante la guerra. Con lo guapa y educada que era, pronto se fijaría en ella algún buen hombre o alguna buena mujer y se la llevarían y la educarían y la querrían como si de una hija propia se tratase.

—Puedes saltarte lo de las monjas; hace unos años, cuando todavía era policía, tuve un caso parecido. Las religiosas se llevaban una buena comisión de las adopciones, aunque, la verdad, eso es lo de menos. Por cierto, ahora que me fijo, Lidia tenía padres y supongo que sus papeles en regla.

—Los papeles en regla, claro, republicanos pero en regla. Y en ellos figuraba como hija de don Luis de Hinojosa y de Elvira Nicuesa. Lidia preguntó por ellos, miento, no preguntó, mostró su documentación y pidió que avisaran a sus padres. Las monjas fingieron hacerlo y tardaron varios días en darle una respuesta. Lo sentían en el alma, pero don Luis y doña Elvira habían muerto en Madrid en un bombardeo durante los últimos días de la guerra. Lidia recuerda que se desgañitó gritando que no podía ser, que de ser así se habría enterado, porque yo, su primo, estaba en Madrid y en contacto con sus padres y que de haber muerto de verdad me habría encargado de avisarle. Aunque las monjas argumentaron que durante los últimos tiempos de la guerra las comunicaciones entre Madrid y Valencia habían sido cortadas, Lidia continuó insistiendo en que estaban vivos. Ahora recuerda que la sensación era de certeza absoluta, como si alguien en quien confiara se lo hubiera dicho. Las monjas no perdieron la paciencia y se prestaron a otro paripé. Lidia podría escribir a quien quisiera, a mí por ejemplo, preguntando por sus padres; hasta que no recibiera respuesta no la pondrían en adopción. Y la recibió, en apenas una semana recibió una res-

puesta mía (evidentemente falsa) a su carta: desafortuna-
damente sí, sus padres habían muerto en un bombardeo y
yo estaba herido aunque ya me habían dado el alta y volvía a vivir en mi casa. También le conté que, por desgracia,
mis padres habían sido condenados a prisión y tampoco
podrían hacerse cargo de ella. Finalmente le aconsejaba
que respetara desde el principio y poco a poco fuera
amando a sus padres de adopción que, yo no dudaba,
pronto la acogerían.

—Increíble que las monjas hicieran todo eso. Solían ser
mucho más… digamos… directas.

—Por eso hemos deducido que desde el principio
León Martí estaba detrás de la adopción de Lidia.

—¡No me jodas! ¿A qué viene eso? ¿Cómo podéis haber llegado a esa conclusión?

—Todo demasiado bien planeado. No querían una Lidia a disgusto, querían una Lidia que les amase y que terminara amando a Julián.

César me miró con una sonrisa condescendiente. Evidentemente, aunque supongo que ni un solo día desde entonces el sol se había puesto sin que pensara en aquella
historia, era la primera vez que la ponía en palabras. Y, a
pesar de su odio, de su afán de venganza, de saber que
vencer al final significaba morir, a pesar de todo eso dis-
frutaba con los sentimientos y la confusión que me inspi-
raba.

—Ni siquiera a un policía como tú, que ha visto de
todo, se le ocurre lo que pasó a continuación. Piénsatelo.
¿Quieres un coñac? Yo voy a ponerme uno aunque el médico me lo ha prohibido.

Le contesté que sí y César salió del cuarto, aparentemente en dirección a la cocina, pero yo había visto el coñac detrás de otras botellas en una vitrina, donde también se guardaba una cristalería de copas talladas y finas. Al volver justificó su salida trayendo dos vasos anchos y bajos, regordetes, de los que alguna vez había visto utilizar para beber güisqui. Me dijo que, aunque pareciera un *snob*, desde que los había descubierto prefería el coñac en esos vasos. Sin embargo, yo sabía que desde la cocina o desde alguna otra ventana había hecho la señal que Lidia y Adelaida esperaban. Ahora sólo faltaba por saber cuánto tiempo habían convenido desde que se hiciera la señal hasta que ellas se presentaran.

—¿Se te ha ocurrido algo?

—Que le has hecho la señal a Lidia para que vuelva porque ahora estás convencido de que la protegeré a costa de lo que sea.

—Muy observador. ¿Has dado con la clave?

—La adoptó la familia Martí —dije.

—Acertado. Podrías ir a los concursos de la radio. La adoptó, sí. Julián la había visto una vez, durante la guerra, en Valencia. Era la hija de su compañera en la checa. Y parece que se enamoró. Cuando ganaron la guerra y Julián volvió, manejó a León Martí para que organizara su adopción. El padre quiso darle un capricho a su hijo muy amado.

—¿Cuál fue la justificación oficial de la adopción?

—Además de ayudar a una víctima de la guerra, contentar a su señora, que siempre había querido una niña y ya no podía tener más.

—Luego tuvo una.

—Sí, pasa a menudo. Cuando la mujer se quita la presión, la tensión de la obligación de quedarse embarazada, se queda embarazada.

—¿Desde… desde el principio… —pregunté con miedo a la respuesta— Lidia fue la, digamos, esposa de Julián?

César asintió.

—La condenaron. De otra forma pero… igual que condenaron a Elvira, a mis padres, a mi hermana y a mí.

—¿Lidia ha definido su vida así: como condena?

—No quiere hablar de eso y nosotros la respetamos. Ha debido de ser un infierno para ella.

—¿Te ha contado Lidia si Julián la quería realmente? Y sobre todo, ¿te ha dicho si sigue queriéndola?

—No, no lo he hecho —reconocí la voz a mis espaldas.

Me giré rápidamente: era la voz de Lidia de Martí, de María Delgado, la voz grave que me había contratado.

—A César no le importa ese aspecto del asunto —continuó Lidia sin saludar—. ¿Por qué a usted sí?

—Sería largo de contar pero tiene que ver con nuestra supervivencia. Tengo que conocer al hombre con el que vamos a enfrentarnos. Además, hay otra razón más fácil de explicar: quiero saberlo todo porque no me gusta que me engañen y menos cuando hay muertes de por medio.

—Creía que la señal significaba que el señor Perea ya se había alineado a nuestro lado —le dijo a César con prepotencia. Estaba nerviosa y perdía la compostura del único modo en que había aprendido a hacerlo, despreciando; había sido muchos años reina y señora.

—Y lo estoy, señora de Martí, estoy de su lado —me adelanté a César.

—Supongo que ha comprendido bien que intentarán evitar la denuncia por absolutamente todos los modos posibles.

—¡Lo sé! —dije sin poder evitar una carcajada. Me estaba advirtiendo del peligro que corríamos.

—¿Por qué lo hace, señor Perea? —preguntó sin perder la compostura.

—Mis razones no importan. La última vez dijo usted que por dinero. Está bien. Como quiera. Si los Martí nos dejan tiempo para explicarnos, tal vez algún día le cuente las cosas que no hago por dinero.

Adelaida se acercó a mí con la mano tendida. Se la estreché y sonrió.

—Le agradezco mucho su ayuda, señor Perea —dijo la ciega.

—Llámenme de tú. ¿Podemos seguir, César? Estabas a punto de contarme el final de la historia.

—El final hasta la fecha —dijo César con una sonrisa de agradecimiento por haberle evitado la humillación.

—Sí, claro, hasta la fecha. —Miré a Lidia y también ella me estaba mirando aunque dejó de hacerlo inmediatamente, con un movimiento de cabeza seco, casi con fiereza. Comprendí que su animadversión hacia mí provenía del hecho de que me necesitaba y ella no quería necesitar a nadie.

Me llevé la mano al bolsillo de la chaqueta y toqué la foto de Lidia que don León Martí me había dado para ayudarme a encontrarla. Esta vez conseguí reprimir la carcajada: hacía tan sólo un momento, Lidia había tratado de advertirme de la peligrosidad de los Martí. El tacto de la foto mandó hasta mi cerebro una sensación que casi había olvidado: la que provoca la ternura.

13

—Será mejor que dejemos los aspectos subjetivos y resbaladizos para más tarde —dijo César—. Lo importante ahora es que Héctor conozca la situación en su conjunto.

—Nos habíamos quedado con Lidia adoptada por León Martí y casada con Julián…

—Nos casamos después —me interrumpió Lidia—. Hasta para los Martí hubiera sido un escándalo casarme con trece años.

—De acuerdo. Usted en Valencia, Adelaida y César en Madrid, escondidos, malviviendo. Y Elvira en prisión. ¿Os habéis mantenido en contacto todos estos años?

—No, con Lidia en absoluto, ni siquiera teníamos noticias de ella —dijo Adelaida—. Supimos que se había casado con el mayor de los Martí porque, en su momento, apareció en los ecos de sociedad. Nada más.

—Ni siquiera sabía si estaban vivos —dijo Lidia; su tristeza era, cómo decirlo, radiante—. Le habrá contado a usted César que las monjas falsificaron una carta suya.

—No se me escapó que, a pesar de mi ofrecimiento, no

me había apeado el tratamiento: seguía llamándome de usted—. Después de ser adoptada, volví a escribir a la dirección de esa carta diez, doce, quince veces. Jamás obtuve respuesta.

—Aunque esas cartas nos hubieran llegado —dijo César—, no las habríamos contestado. Sólo le podíamos ofrecer miseria y miedo. Incluso cuando volvimos a saber de ella, cuando se casó, decidimos no escribirle.

—Os podría haber ayudado —les recriminó Lidia.

—Ya lo hemos hablado, Lidia —dijo César y me miró de nuevo—. Como mucho, habría conseguido que nos detuvieran o algo peor.

—No lo entiendo —dije—. Si nunca habéis estado en contacto, ¿por qué ha aparecido Lidia ahora, por qué se ha ido de casa de su marido, por qué estáis juntos de nuevo?

—¿Por qué sabe usted que me he ido de casa de mi marido? —preguntó Lidia con desconfianza.

—Me ha parecido evidente —mentí.

—No, no lo es. Puedo estar de vacaciones, incluso, por lo poco que usted sabe, hasta podría estar volviendo a casa todas las noches. ¿Por qué lo ha dicho con tanta seguridad?

—Más tarde se lo explico. —Me pareció que no debía contar en ese momento que había aceptado el encargo de León Martí: habrían desconfiado, se habrían asustado más; antes de que lo supieran debería demostrar con alguna acción que estaba de su lado—. Ahora prefiero enterarme cuanto antes de todo el asunto. ¿Cómo os habéis reunido ahora después de tantos años?

César miró a Lidia antes de pronunciar palabra; ella asintió con un gesto: tenía su permiso para seguir hablando.

—Durante muchos años ni mi hermana ni yo supimos nada de los padres de Lidia. No sabíamos si estaban vivos o muertos, en prisión o en libertad o en el exilio. Hace un año más o menos, cuando Adelaida salió de la cárcel, ya te he dicho que conoció a Hortensia.

—Hablando y hablando —continuó Adelaida—, resultó que teníamos una amiga en común: Elvira Nicuesa. Hortensia había estado con ella en la cárcel de Saturrarán hasta que a Elvira la trasladaron a Cuenca. Luego pusieron a Hortensia en libertad y tampoco volvió a saber de Elvira.

—¿Cómo han logrado reunirse después de los años y la incomunicación? —pregunté.

—Mientras soñaban con la libertad en Saturrarán —continuó Adelaida—, se prometieron que, si las soltaban por separado, que era lo más probable, pasarían de vez en cuando por debajo del puente Praga preguntando la una por la otra. La vida quiso que Hortensia no sólo pasara de vez en cuando sino que tuviera que quedarse a vivir bajo el puente. Así se encontraron.

—¿Y cómo lo supisteis vosotros y, sobre todo, cómo se enteró Lidia?

—De vez en cuando, si nos sobra algo, bajo al puente a ver a Hortensia y darle unas patatas, algunas pesetas, pocas, lo que tenga. Así me enteré de que Elvira había sido puesta en libertad.

—Un momento, un momento —dije—. Cuando Hortensia te lo dijo es porque Elvira ya estaba allí con ella, viviendo bajo los puentes o algo. ¿Cómo es que no viste a Elvira?

—Se escondió adrede —respondió Adelaida—. Me lo dijo Hortensia. Me habían visto llegar y Elvira se había ido.

—¿Por qué no quería verte? La llamabas «tía» en su tiempo.

—Según Hortensia, Elvira estaba metida en algo muy gordo y no quería complicarnos ni a mi hermano ni a mí. Parece que está obsesionada.

—¿Cómo habéis sabido qué era eso tan gordo? Estáis haciendo planes para cuando encontremos a Elvira. ¿Por qué, qué tenéis?

—Hortensia le enseñó la foto a Adelaida —dijo César.

—¡Calla! —gritó Lidia, que había permanecido callada hasta el momento.

—Conozco esa foto.

—¿Cómo? —preguntó Lidia con más calma.

—Haciendo mi trabajo —repuse—. Me mandaste buscar a tu madre y encontré a Hortensia. Parece que ninguno podemos superar ese punto. Elvira es muy lista. Y precavida.

—Sigue —le indicó Lidia a César.

—Dedujimos que quería hacer algo contra los Martí ella sola. Nos prometimos ayudarla. Y lo vamos a hacer.

—De acuerdo: castillos en el aire. —Y añadí muy deprisa para no entrar en una discusión sobre voluntarismo y utopía—: Eso no explica por qué habéis metido a Lidia en el jaleo.

—Cuando la adoptaron —dijo Adelaida enfadada, tal vez ahora arrepentida de lo que había hecho—, Lidia tenía ya trece años. Se acuerda perfectamente de su madre. Decidimos que, ahora que la mujer estaba en libertad, Lidia tenía todo el derecho del mundo a saber de ella, a verla. Después podrían hacer lo que quisieran. Nuestra obligación era que supieran la una de la otra.

—Le escribimos a Lidia para decirle que su madre estaba viva —terminó César—. Nada más. No la hemos metido en ningún jaleo.

—He sido yo la que he decidido, por una vez, sobre mi vida. Y he decidido denunciar a mi marido y a su padre. Mi sitio está aquí, con mis amigos, con mi madre cuando la encontremos.

Desde luego, el sitio de Lidia estaba allí porque lo más probable es que ya no pudiera volver a casa aunque lo intentara. Quizá su marido la recibiera, su suegro no. Seguro que no. O la recibiría por un tiempo y luego se desharía de ella. Como con el marquesito. Y lo de Lidia era peor. Qué no sabría Lidia de los negocios de la familia después de tantos años de convivencia; el marquesito se había estrellado sin haber pasado ni una sola noche bajo el techo de León o Julián Martí. Tener a Lidia rodando por ahí descontrolada debía provocarles pánico. Además, a partir de ahora, su sitio estaba donde estuviera yo. Aunque ella todavía no fuera consciente.

—¿Sabe usted quién ha matado a todas esas mendigas y ha herido a Hortensia?

—La gente de mi suegro.

—Ya.

Callé lo que sabía sobre su marido. ¿Para qué? También noté que no les había impresionado la noticia de que

Hortensia estaba herida; supuse que la conocían por los periódicos. Me di cuenta de que estaba abusando del callar y el suponer: llevaba no sé cuántas horas sin dormir, sin leer el periódico, sin apenas comer. Decidí marcharme a descansar aunque fuera un rato a casa de Santos porque quizá Beltrán todavía tuviera mi guarida bajo vigilancia. Por el momento, me dije pensando en Lidia y en los demás, aquí no corren peligro. Sólo Santos conoce…

Interrumpieron mis pensamientos unos golpes acuciosos en la puerta. Me maldije por no haber escuchado antes el chirrido de la cancela oxidada. Los cuatro nos miramos pero antes de que dijéramos nada, escuchamos a través de la puerta:

—¡Abra, Héctor, coño, que es importante!

La voz era de Santos pero aun así saqué mi Euskaro. Podrían estar obligándole a llamarnos. Noté que César sonreía al ver mi revólver. Le comprendí pero no tenía otro más a la moda. Les hice señas para que se resguardaran tras los muebles. Cuando todos estuvieron a cubierto, abrí la puerta y me eché a un lado. Santos, que con sus nervios debía haber estado empujando con fuerza en la hoja de la puerta, entró en la habitación dando trompicones, nadie más detrás. Cerré de una patada.

—¿Estás solo?

—¡Que sí, coño! ¡Han matado a Hortensia!

—¿Dónde, en tu casa?

—Ha sido listo —contestó Santos mientras negaba—. En la corrala hubiera tenido que hacer una escabechina. Le habría visto todo el mundo. Ha esperado a que saliera.

—¿A que saliera? ¿Adónde?

—A los baños públicos de Embajadores. Decía que necesitaba ducharse con jabón. Y cuando le he dicho que en casa teníamos jabón aunque tendría que lavarse en un balde, me ha contestado que prefería ducha y jabón de olor. ¡Yo qué sé! La he dejado ir. Los baños están a cuatro pasos de casa, tampoco parecía tan peligroso.

»Nos debieron seguir. No sé cómo; me fijé y en el tranvía nadie subió con nosotros ni nadie se apeó con nosotros, pero nos habían seguido.

—¿Llevaba la foto encima?

—Se la pedí cuando se iba y me la dio sin discutir. Me extrañó.

Santos echó mano al bolsillo de su americana, sacó la foto y me la entregó. Cuando yo iba a guardarla dijo Lidia:

—Quiero verla.

Se la entregué. Necesitaba un poco de tiempo para pensar.

—No te ha seguido nadie hasta aquí, ¿verdad? —le pregunté a Santos mientras, de reojo, veía cómo los ojos de Lidia primero y luego también los de Adelaida y César se iban llenando de lágrimas.

—Nadie —contestó Santos—, he hecho varias comprobaciones.

Hortensia no debía de tener mucha necesidad de ducharse. Por muy higiénica que hubiera sido, acababa de salir del hospital y allí, si no ducharla, al menos la habrían lavado a conciencia. Viviendo bajo los puentes seguro que había pasado más de un día sin lavarse y más de una semana; los demás, la mayoría de la gente, nos duchábamos

172

una o, los más limpios, dos veces a la semana. Por otra parte, Hortensia le había entregado la foto a Santos sin rechistar, una foto que había guardado durante años viviendo en condiciones infames, primero en la cárcel, después en el río, una foto por la que había estado dispuesta a morir. Eso quería decir que o bien temía que se la quitaran, en cuyo caso hubiera sido estúpido salir y menos a ducharse sin necesitarlo, o que adonde iba… la foto sobraba y era más seguro dejarla en casa. ¿Por qué sobraba la foto? ¡Porque Elvira tenía una! ¡Iba a reunirse con Elvira y, con suerte, en los baños de la glorieta de Embajadores!

—Nos vamos, Santos. ¿Dónde están tu mujer y los chavales?

—Protegidos.

—¿La policía ya ha encontrado el cadáver?

—Claro. El mismo que me avisó a mí les llamó a ellos.

—¿Adónde vais? —preguntó Lidia.

—Santos con su familia. Yo, a seguir buscando a su madre. Vosotros ya me habéis dicho todo lo que sabíais. Me está usted pagando por eso.

—Voy con usted —dijo Lidia con firmeza.

—No lo puedo permitir.

—Estamos hablando de mi madre.

César me hizo una seña para que le permitiera el capricho. Ahora, a toro pasado, pienso que el hombre tuvo una especie de premonición o quizá sólo se sentía viejo y temía la responsabilidad de defenderla. Yo fui pragmático: pensé que si había que entrar en los baños de Embajadores, sólo una mujer tendría acceso a la zona de señoras.

—De acuerdo —dije.

—Tengo coche —dijo ella; y, aunque sin sonreír, agitó unas llaves en el aire al tiempo que me tendía la foto.

Cuando ya caminábamos hacia el coche, César nos alcanzó. Quería decirme que Adelaida tenía escondida un arma, una pistola mucho más eficaz y discreta que mi viejo Euskaro. Como teníamos prisa, empecé a caminar mientras le daba la respuesta:

—Luego, cuando volvamos.

César asintió y regresó hacia la casa con su andar encorvado.

14

Lidia nos señaló el coche en cuanto giramos la esquina y pudimos verlo. Lo había aparcado en Doctor Esquerdo, a unos quinientos metros de la vivienda, a pesar de que durante el paseo encontramos sólo dos coches más. No era Madrid entonces ciudad de mucho tráfico y los que tenían coche solían tener también cochera. Una chica lista, Lidia: lo había dejado lejos para que fuera más difícil relacionarlo con la casa que había alquilado para ella y sus amigos. Era un Seat 1400 negro recién salido de fábrica, reluciente, los cromados parecían multiplicar la escasa luz de las farolas, un coche «echando sangre», que decían en su exclusiva jerga de elegidos los pocos que podían comprarse un coche nuevo. Yo conocía la expresión de cuando trabajaba en una comisaría porque también la empleaban los que robaban coches «echando sangre»; según los ladrones, parece que tenía su origen en una comparación entre la adquisición de un coche, que entonces implicaba largas listas de espera, y el embarazo y el parto: un niño recién parido, echando sangre.

—No está mal aparcar lejos el coche —le dije mientras nos acercábamos—, pero Santos la identificó a usted por él.

—Y yo debería decir «afortunadamente», ¿no?

—Con que lo diga yo es suficiente.

—¿Cómo supo que ya no estaba viviendo en casa de mi marido? Antes no me ha querido contestar.

—Mejor entramos al coche. ¿Me da las llaves?

—¿Por qué?

—No es normal que una mujer conduzca y menos de noche. ¿Quiere que nos paren para pedirle el permiso? He sido policía y sé cómo piensan: una mujer conduciendo un coche nuevo a las…

—Una menos cuarto —me ayudó Santos.

—Una mujer conduciendo a la una menos cuarto de la madrugada es una mujer que va o viene de juerga. Te paran aunque sea para entretener la larga noche. Conduzco yo.

Como antes no le había explicado que su marido mataba con su propia pistola a las mendigas, no podía explicarle ahora que junto a él caminaba, y seguro que también disparaba, un camarada que además era inspector de la Criminal. Lo peor que nos podía pasar es que nos detuviera la policía.

—De acuerdo.

Me dio las llaves con un brillo entre despectivo e irónico en sus ojos grises. Ahora eran sus ojos los que multiplicaban la luz ya multiplicada por los embellecedores del auto. Me quedé mirándolos un instante más de lo debido; perdieron el desprecio, pero no la luz ni la ironía, y ganaron comprensión. Ella sabía, lo supo desde el día en que entró en mi despacho, lo que significaba mi mirada: admiración y deseo, claro, pero también una especie de sorpresa que se había renovado, que reaparecía más vital ahora que nos encontrábamos por segunda vez. La primera vez mi sorpresa era porque la vida pudiera ponernos en relación a una mujer como ella y a mí, que alguien como ella me necesitara. Ahora, la sorpresa me la producían sus contradicciones: había vivido como una de las mujeres más ricas de España pero tan prisionera como su madre. Y quería poner una denuncia en contra de su marido, una denuncia que no tenía posibilidad alguna de prosperar y ella, dijera lo que dijese, lo sabía. Era tan suicida como los demás. Sorpresa y ternura me producía.

—No puedo creer que se haya metido usted en esto sólo por dinero —dijo mientras yo probaba con método las cuatro llaves del llavero—. Ahora ya no.

—Piense como quiera; lo que acaba de decir demuestra que es usted muy voluble, no vale la pena recordar sus opiniones. Suba de una vez —dije cuando di con la llave que abría el coche.

Le había dado una respuesta sarcástica pero ni yo mismo conocía la razón. Tal vez porque, contradictoriamente, en sus ojos veía lo que pensaba yo de ella y no lo que ella pensaba de mí.

Subimos al coche. Lidia se sentó a mi lado y Santos en el asiento trasero. Arranqué pisando a fondo para hacer un giro de ciento ochenta grados en Doctor Esquerdo mientras miraba por el retrovisor esperando ver las luces azules de un vehículo policial. Ningún destello. No es que con un 1400 nuevo hubieran podido alcanzarme fácilmente pero podrían transmitir por radio nuestra matrícula y deberíamos abandonar el coche. Al llegar a la carretera de Valencia giré a la derecha haciendo gemir los neumáticos y enfilé hacia Atocha. Me aseguré de que no nos seguía otro coche; a esa hora no resultaba difícil.

—Aparcaré unos trescientos metros antes de la glorieta de Embajadores. Tú, Santos, recoges a tus críos y te los llevas a algún lugar seguro. No sabemos si esa gente sólo quería terminar con la pobre mujer o saben ya de la existencia de la fotografía. Si lo que quieren es la foto, volverán; a tu casa y adonde haga falta.

—No tienen por qué conocer la existencia de la fotografía —dijo Santos.

—Saben que mi madre tiene esa foto —interrumpió Lidia nuestra discusión—. Y saben que existe también alguna copia.

—¿Está usted completamente segura?

—Completamente. Yo misma he visto la mitad de esa fotografía.

—¿La mitad?

—En mi casa, en casa de mi marido —admitió Lidia—. Le enviaron por correo, cortada con una tijera, la parte de la foto en la que aparece Julián con el uniforme.

—¿Cuándo?

—Hemos comprobado después que justo al día siguiente a que mi madre saliera de la cárcel.

—O sea… la envió su madre.

Lidia asintió. Miraba al frente, apenas pestañeaba. No quise agobiarla con más preguntas, dejé que fuera ella misma la que contara.

—Llegó con el correo de la mañana. Julián se levanta siempre al amanecer y entra a su despacho a esperar el café; en cuanto le han servido el desayuno, el servicio tiene orden de no molestarle excepto para darle el correo, que suele llegar a las nueve. Hasta la hora del almuerzo, según él, piensa. Las mañanas son para pensar, las tardes para ejecutar, dice a menudo. Y todo el mundo, quiero decir, todos sus empleados y hasta sus clientes, o lo que sean, saben que ése es el sistema y no le molestan nunca. Jamás. Sólo le pasan las llamadas de su padre; si don León llama es que algo grave sucede o bien algo que no admite demora. Aquella mañana yo estaba bajando desde mi habitación hasta el salón para desayunar. Eran por tanto alrededor de las nueve. Vi cómo el mayordomo entraba al despacho con la bandeja de plata rebosante de sobres. En unos segundos, el mayordomo salió y cerró la puerta con sumo cuidado. La puerta del despacho de Julián da al salón, donde yo estaba. No habría pasado ni un minuto cuando escuché claramente un golpe de puño contra el escritorio. Furia. Y después comenzaron los gritos. Blasfemaba, algo que no suele hacer, es muy devoto. Luego abrió la puerta y, aunque me vio, continuó gritando. También esa conducta era chocante. Me daba siempre un beso por las mañanas.

Calló pensando, supuse, hasta dónde debía contar acerca de las relaciones con su marido. Su vista seguía clavada al frente. Continuó:

—Hace un rato hablaba usted con César sobre mi marido. Cuando entré al salón creo que le estaba preguntando si Julián me quería y, «sobre todo», fueron sus palabras exactas, si seguía queriéndome. La respuesta es sí, señor Perea. Me ha querido desde… desde siempre. Tiene diez años más que yo y ahora, casi veinte después, he llegado a la conclusión de que en la checa mi madre debió hablarle de mí porque, lo recuerdo perfectamente, cuando nos vimos por primera vez, en Valencia, él actuó como si me conociera, sabía mi nombre incluso, y tenía esa mirada que luego he aprendido a reconocer como amor. La siguiente ocasión en que le vi fue ya en el convento. Y volví a fijarme en su mirada. Nos ordenaron a todas las chicas, las huérfanas, colocarnos en posición de «firmes», cada una a los pies de su cama y mirando al frente. Cuando venían «padres» a elegir nos permitían la noche anterior lavarnos enteras con agua tibia, lo que estaba prohibido el resto de los días. Como contrapartida, en nuestros babis y batas no debía encontrarse mancha alguna. La que no hubiera lavado bien su ropa o tenía la desgracia de haberse ensuciado con alguna sustancia indeleble era sacada de la fila y no era exhibida ante los «padres»; se quedaba sin opción, por tanto, de salir del orfanato. Yo llevaba muy poco tiempo en el convento pero mi edad, trece años, me convertía en tan poco elegible como las que no eran mostradas a los «padres». Mi interés por aquellas exhibiciones era nulo. No sabía lo que finalmente harían conmigo, pero sí estaba segura de que ningún matrimonio me adoptaría: preferían, como es lógico, muchachas mucho más jóvenes, recién nacidas incluso. Para ellas, para las niñas de hasta cuatro o seis años, no recuerdo bien, había otra sala. De hecho, cuando los «padres» pasaban por la nuestra era porque ya habían visto la sala de niñas y no habían encontrado nada de su agrado. Digamos que a nuestra sala iban a mirar por mirar, como ir de escaparates. Pasé poco tiempo entre las huérfanas pero no vi adoptar a ninguna chica de mi sala. Por eso me puse a temblar cuando reconocí a uno de aquellos dos hombres, el más joven, que se dirigía hacia mí sin echar ni siquiera una ojeada al resto de las muchachas. Excitado, ansioso, dejó atrás al hombre más mayor, llegó y se agachó para mirarme a los ojos directamente. Le escuché musitar «Lidia». Pero estoy segura de que nadie más pudo oírle. Aparentaba estar allí, sin decir nada, sólo sonriéndome. Esperó a que el otro hombre se reuniera con él y, desde su altura, me estudiara con minuciosidad. Ya digo que yo temblaba; nada era normal en aquella visita; para empezar, ya chocaba que fueran dos hombres los que elegían en lugar del habitual matrimonio, pero además aquel hombre era amigo de mis padres o algo. La rareza de que fueran dos hombres a buscar una huérfana se la explicó el hombre mayor a la madre superiora (también excepcional que la superiora acompañara a los «padres» en su visita): entre su hijo, el hombre joven, y él querían elegir a una muchacha para darle una sorpresa a su esposa (que sólo había tenido varones) y la querían mayorcita sí, para que no diera mucho trabajo. Hablaban como si nosotras… como si yo no estuviera escuchando. Mientras el padre explicaba, Julián seguía frente a mí en cuclillas, sin dejar de mirarme, sonriéndome y, durante unos segundos, hasta que la superiora tosió para llamarle la atención discretamente, acariciándome el pelo por la nuca. «No tiembles —me dijo—, te vamos a querer todos mucho, viviremos…»

Habíamos llegado a la altura de la calle del Amparo y hube de interrumpirla a mi pesar. No podíamos seguir avanzando si queríamos dejar el coche a una distancia prudencial de la casa de baños.

—Debemos aparcar aquí y continuar a pie —interrumpí.

Ninguno de los dos habló. Metí el coche en Amparo y aparqué. Nos apeamos.

—Mañana estaré en Casa Santiago desde que abra esperando que me llame si necesita algo —dijo Santos.

Asentí y en dos pasos la oscuridad se tragó a Santos; en Amparo no habían encendido las farolas. Al salir a la ronda de Valencia, Lidia se cogió de mi brazo como si fuéramos un matrimonio de regreso a casa. Temblaba como en sus recuerdos.

Alcanzamos la glorieta de Embajadores y vi que en la entrada a la casa de baños sólo una diminuta bombilla, como las que iluminan el cuadro de las farmacias de guardia, alumbraba un escrito. Yo sabía que los baños, en invierno, permanecían abiertos toda la noche. Nos acercamos a leerlo. El Ayuntamiento se disculpaba por tener cerrado el establecimiento durante una hora para proceder a su limpieza.

—Como Hortensia no ha venido, mi madre se habrá marchado.

—Se equivoca usted. —Noté que por primera vez a ella le sonaba mal el tratamiento; nadie cuenta lo que ella acababa de contar a alguien a quien llama de usted—. Si tenemos la suerte de que realmente hubieran quedado en encontrarse aquí, su madre volverá y volverá una y otra vez hasta que intuya lo que ha pasado o hasta que detecte algún peligro.

—¿Qué hacemos entonces? —preguntó y, antes de darme tiempo a responder, añadió—: Y vamos a dejar de llamarnos de usted, ¿le parece?

—Como quieras —le respondí con indiferencia guardándome la excitación y la cercanía a ella que sus palabras me habían producido—. Regresaremos al coche y nos pondremos en marcha. Mientras no veamos a la policía, iremos y volveremos al río y del río las veces que haga falta hasta que abran los baños.

Volvimos al auto para empezar nuestro ir y venir. En silencio. Si no quería hablar no la forzaría, aunque yo necesitara saber. Siempre es preferible el silencio a una mentira.

15

Recorriendo con lentitud el paseo de las Acacias, llegamos al río antes de que Lidia reanudara su relato; aproximadamente un kilómetro en el que sólo nos cruzamos con otro auto y adelantamos a dos carros tirados por mulas y con cántaras de aluminio para la leche en la caja. Pronto empezarían a circular más carros y autobuses y tranvías para llevar a los mercados a los descargadores, a los «alijeros» como se llamaban a sí mismos, a los panaderos, a los fruteros y pescaderos...; pronto Madrid parecería una ciudad como muchas otras del mundo. Mientras tanto, en el intervalo entre las doce de la noche y las cuatro de la madrugada, con excepción del puro centro —Sol, Callao y aledaños— y de una reducida área en Chamartín, donde cuatro salas de fiesta legales hacían una pequeña verdad del dicho de que Madrid nunca duerme, el resto todavía era en su silencio y oscuridad una ciudad de posguerra, fría y tenebrosa, como si continuara vigente algún toque de queda. La ciudad de ayer todavía hoy.

Lidia retomó su relato cuando giramos en «u» para volver a cruzar, esta vez de subida, el puente de Toledo.

Quizá justo debajo su madre hacía tiempo hasta acercarse de nuevo a la casa de baños y encontrar a su amiga, a la que creía su único apoyo y que descansaba ya en el Anatómico Forense.

—La visita de los dos hombres al orfelinato fue a media mañana; a mediodía almorcé con la familia por primera vez —comenzó sin ni siquiera un carraspeo que anunciara que iba a volver a hablar; como si hubiera abierto de nuevo un libro y sus ojos hubieran encontrado sin buscar el punto y aparte donde lo dejó—. Cuando entramos en su casa, la señora de Martí me besó y me acarició, y besó y acarició a su hijo y a su marido agradecida por el detalle. Así lo dijeron: el detalle. Pero no era la señora de Martí de las que pierden el tiempo demostrando con efusión sus afectos; poseía un carácter mucho más práctico. Todavía estaba entre un beso en la mejilla y el otro cuando ya tenía calculados mi talla y mi número de zapatos. Aquella misma tarde salimos de compras y volví equipada para invierno, verano y entretiempo, además de haber encargado los muebles, la ropa de cama y las toallas para mi nueva habitación. Desde entonces jamás me ha faltado de nada, excepto la vida en sí, una vida.

Me conmovió. Y supe que la quería. Con reticencias, claro: ya nada puede ser puro en mí. Pensé que si la quería era por egoísmo. Pensé que desde que dejé el alcohol, que acalla, que hunde muy profundo los sentimientos, necesitaba algo que me atara al mundo, algo que no me fuera indiferente, que me permitiera contestar a una pregunta tan sencilla como por qué vivía. No importaba qué causa, lo que importaba era tener una. Carecía del suficiente amor por la humanidad para hacerme seguidor de alguna creencia, política o religiosa. Mi causa sería Lidia.

Mientras yo me amparaba en la necesidad de mirar hacia delante para conducir, Lidia observó mi perfil durante bastante tiempo. Pasamos de nuevo por delante de la casa de baños y seguía sin iluminar; tendríamos que llegar a Atocha y girar alrededor de su fuente para volver por el mismo camino.

—Sé que no me vas a creer, pero Julián es en muchos aspectos noble, sí. Admito… sé que resulta implacable en los negocios, pero no va más allá. Es tierno, te lo juro, y valiente: hubiera dado su vida por mí sin pestañear. De hecho, en una ocasión, poco después de casarnos, nos dispararon desde un coche. Julián me tiró al suelo y me cubrió con su cuerpo. Recibió un balazo en un muslo.

Aquello era un dato para recordar e indagar. Existía alguien con el suficiente valor o la suficiente cobertura para atacar a tiros a los Martí. Al día siguiente le pediría a Santos que tratara de averiguar algo más.

—¿Detuvieron a alguno de los que dispararon?

—No, pero escuché a Julián hablar con su padre. Los dos estaban convencidos de que habían sido los militares.

—¿Así sin más? ¿Los militares?

—Al menos yo no supe más. Por cierto, ahora que lo pienso, me enteré de una forma similar a la que te estaba contando sobre cómo vi la foto cortada que le enviaron aquella mañana. Fue una casualidad. Julián salió dando gritos de su despacho. Gritaba que iba a encontrar a quien estuviera hablando por teléfono en ese momento y a abofetearlo o despedirlo… Parece ser que había intentado hablar con su padre con urgencia y la línea telefónica estaba siendo utilizada. Si no era yo la que estaba hablando, quien lo hubiera hecho pagaría las consecuencias. La encontró, atemorizada, llorando sentada en el suelo en un rincón. Una de las doncellas. Al principio lo negó, claro, pero a base de bofetadas la hizo confesar. Creo que nunca le había visto tan enfadado. Me picó la curiosidad y entré en su despacho. En realidad no tuve miedo porque no tenía prohibida la entrada. Nunca me prohibió nada. Había dejado la media foto sobre la escribanía. No tenía una idea concreta sobre lo que significaba pero me sonó a chantaje. Sin tocarla siquiera salí y continué desayunando. Julián volvió, me sonrió y se encerró de nuevo. ¿Te das cuenta? Me sonrió incluso en esos momentos, cuando el pasado había caído sobre él y sobre la familia como una losa.

—¿Te fijaste si alguna nota acompañaba la fotografía?

—Sobre la carpeta sólo estaba la foto. Después habló por teléfono mucho tiempo y sin marcar dos veces, es decir, tan sólo con una persona. Lo sé porque, al marcar, se oye la campanilla del teléfono.

—Evidentemente hablaba con don León. Los Martí, incluso su propia existencia, dependían de quién tuviera la otra mitad de la fotografía. Si era alguien poderoso, el pulso tendría que echarse ante las mismísimas narices de Su Excelencia. Sólo él, el Caudillo, tendría autoridad suficiente para decidir quién y en qué medida debía pagar por ese pasado. El castigo podría detenerse en Julián o alcanzar a toda la familia. Por eso, imagino, se lo pensaron muy bien. Un enemigo poderoso que quisiera acabar con ellos no habría jugado tan tontamente con la foto. Se la habría puesto al Caudillo al final de su carpeta de firmas. No, no podía ser alguien con acceso a El Pardo. Tenía que ser un pobre desgraciado con intención de sacar un buen pellizco. Además, tanto el poderoso como el desgraciado necesitarían algo más que un pedazo de papel Kodak, susceptible incluso de ser manipulado. Fuera quien fuese guardaba algo más. Tal vez un testigo.

—Y entonces tal vez recordaron a Elvira Nicuesa. Continuaba viva. Era prácticamente imposible ocultar durante diecisiete años de cacheos y traslados una foto pero sin duda la fuente, el origen de la foto sólo podía ser Elvira. Quizá alguien se la había guardado fuera.

—También era posible que el propio Partido Comunista hubiera custodiado esa fotografía con el objetivo de hacerla pública cuando más les conviniera. Y quizá consideraban que ese momento había llegado. Desde el cincuenta y uno el número de huelgas, por más que parciales, no ha hecho sino aumentar año tras año. Como han aumentado los obreros que se suman a ellas. Y ayer, no, anteayer… en fin, el nueve de febrero la policía detuvo a un grupo numeroso de estudiantes, la mayoría hijos de gente muy renombrada del régimen. La crisis es grave. Franco ha cesado a un ministro y al secretario general del Movimiento, que tiene idéntica categoría. Es muy probable que los Martí pensaran que eran víctimas dentro del entramado de un intento de desestabilización del régimen de gran envergadura.

—Sí, todo eso, casi con los mismos términos, lo hemos

repasado Adelaida, César y yo. Aun así, el Partido Comunista no les hubiera hecho llegar una copia rota de la foto. Si querían quitar de en medio a los Martí le hubieran hecho llegar esa copia a unos enemigos declarados de don León: tal vez, a los nuevos del Opus Dei, tal vez a los viejos falangistas que veían cómo les cesaban a su secretario general…

—Tal vez a algunos militares —interrumpí—, hartos de ver cómo el trozo de pastel de los Martí no cesaba de crecer mientras que el suyo mermaba año tras año.

—Fuera como fuese, la clave estaba en mi madre. Ella podría decirles a quién le había entregado la fotografía.

—Se informaron de en qué penal pagaba y se presentaron allí. Había sido puesta en libertad.

—Y no tenían ni idea de dónde se escondía mi madre.

—Entonces se presentaron en Carabanchel y hablaron con el carbonero. Ya te lo contaré. El carbonero les dijo lo que sabía, que vivía en el río.

—Y empezaron a matar… Dime una cosa, ¿por qué matar a esas pobres ancianas?

—Por dos razones probablemente. Y también sé a qué policía se le ocurrió la primera. Cuando encontraran a tu madre y la mataran, su muerte quedaría sepultada en el expediente de esos asesinatos. Nadie movería un dedo.

—¿Y la segunda?

—La segunda es evitar que ninguna de esas mujeres pudiera reconocer al asesino.

—¿Qué les importa eso a ellos? Según César, aunque tampoco es frecuente, no les es ajeno matar y tienen decenas de tipos deseando hacerlo por ellos. Matan y desaparecen durante un tiempo hasta que dejan de buscarles.

—En esta ocasión no pueden hacer eso, el asesino no puede desaparecer.

—¿Por qué?

—¿De verdad no sabes que es Julián quien las mata? Hortensia le reconoció; no hay ninguna duda. Cuando demos con tu madre, ella te lo confirmará: también le ha visto.

—¿Está intentando matar a mi madre con sus propias manos?

—Nunca ha sido un angelito. Tu madre le denunció por matar a un detenido en la checa.

—¿No has matado tú?

Ahora fui yo quien calló durante un buen trecho. La mitad de los varones de este país y algunas de sus mujeres habían matado. El dato en tu currículo no servía para deducciones. Evité la respuesta porque llegamos a la glorieta y vimos que las luces de la entrada a los baños estaban encendidas.

—Voy a detenerme justo en la puerta. No nos ha seguido nadie, puedes estar segura. ¿Llevas dinero?

—Algo, sí.

—Paga, recoge la toalla y el jabón y entra a ver si hay alguien en el ala de mujeres. Si la encuentras, ya sé que es inhumano lo que te voy a pedir, pero… no pierdas tiempo en abrazos y, aunque sea a la fuerza, la sacas.

—¿Por qué crees que se va a resistir? Soy su hija.

—No querrá dejar sola a Hortensia. Si no te queda más remedio, como último recurso, cuéntale lo que le ha pasado a Hortensia. No la conozco y no sé cómo reaccionará, pero esperemos que se quede sin fuerza y se deje llevar.

—Voy entonces.

—¡Espera! —exclamé sin pensarlo; no sé qué quería decirle; algo cariñoso, supongo, pero no me atreví y tuve que buscarle un sentido al arrebato—. Si yo no estuviera, corred hacia arriba, hacia Lavapiés, y meteos en el primer portal abierto que encontréis. Os encontraré.

Lidia asintió, se apeó y entró con decisión en la casa de baños. Me quedé pensando en ese «¡Espera!» que me salió del alma. Mi subconsciente había trabajado mucho más rápido que yo. Y con menos cursilería. El nuestro era un juego de azar y, no sabría decirlo con exactitud, pero nuestras probabilidades de sobrevivir tendían a cero. Debería haberle dicho algo.

Como había previsto, la circulación de carros y carretas iba en aumento sin que hubiera pasado todavía el primer tranvía. Pero nuestro 1400, aunque negro y sin luces, seguía llamando la atención como si su parachoques fuera de platino. Con absoluta seguridad, sin margen de error alguno, de pasar un coche de policía me pediría la documentación, lo que significaría mi detención inmediata porque Beltrán me habría puesto en busca y captura y se habría asegurado de que al menos los polis de su comisaría se hubieran aprendido bien la orden del día donde aparecería mi nombre subrayado y una descripción física. Si un «zeta» se paraba a mi lado, debería pisar fuerte y largarme; a pesar del 1400 terminarían cogiéndome, pero ganaría algo de tiempo para ellas.

Por suerte no tuve que esperar mucho: antes de tres minutos salió del edificio Lidia con su toalla y su jabón. Antes de entrar al auto se encogió de hombros para transmitir el mensaje: Elvira no estaba dentro. Subió.

—Ninguna mujer ha venido en toda la noche —dijo mientras yo hacía que el coche saliera lo más rápido posible a pesar del temblor de mi pierna en el embrague—. Pero la conoce.

—¿Cómo que la conoce? —pregunté.

—La empleada dice que suele venir con otra mujer parecida a Hortensia.

—¿Siempre de noche?

—Siempre de noche. A veces incluso más tarde que hoy.

—¿Te lo ha dicho por iniciativa propia o te ha pedido dinero?

—Le he tenido que dar un billete de cien. ¿Qué importancia tiene eso?

—De haber empezado ella a pegar la hebra, no sería del todo fiable: una noche de ocho, tal vez diez horas es muy aburrida: si te aparece alguien con ganas de escuchar puedes contarle lo que quiera oír.

—Una vez que le he descrito lo poco que puedo a mi madre, le pedí, sin darle ni un solo dato, que me describiera a la acompañante. Lo hizo muy bien. Era Hortensia con toda seguridad.

Parecía nacida para este trabajo. Era lista, rápida y nada cobarde. Si conseguíamos entendernos y no terminaba inclinándose como sus amigos, consciente o inconscientemente, hacia el suicidio colectivo, todavía podíamos tener una oportunidad. Me permití una visión fugaz del mundo cuando todo hubiera terminado, un mundo al que le faltara mi miedo, el mundo sin los Martí. Pero no me la permití más de un segundo. De sobra sabía que recrearme nos mataría.

—No podemos quedarnos parados aquí —dije—. Vamos a seguir dando vueltas.

No fue necesario. Por el retrovisor vi a una señora que doblaba la esquina de la ronda de Valencia. Abrí la puerta y salí del coche lo más rápido que pude. Insuficiente. La mujer giró y desapareció de nuevo tras la esquina. Si no era Elvira, era alguien tan perseguida como ella, porque su velocidad de reacción fue la de quien espera que le caigan encima a cada paso. La alcancé, claro; a media manzana y en mitad de la calzada, que intentaba cruzar para perderse por la calle que llevaba hacia la de Palos de la Frontera. Le dije en susurros, entre jadeos, que estaba de su parte. Elvira, ahora la había reconocido, no dijo una palabra y siguió forcejeando. Si pasaba un «zeta» estaríamos bien jodidos. Aunque de momento el jodido era yo que, mientras soportaba sin alzar la voz un mordisco en el dedo meñique de mi derecha, veía cómo un basurero había detenido su mula y su carro con un «sooo» y ahora venía hacia nosotros con una estaca como chuzo de sereno. No me cabía duda de que, si era español, primero me baldaría las espaldas para proteger a la dama y después preguntaría quién era el responsable de lo que había pasado allí. Y a punto estaba el hombre de descargar la tranca cuando escuché el lamento de los neumáticos del 1400.

—Este hombre nos está ayudando, madre. Sube al coche, por favor.

Solté a Elvira justo para alzar el brazo y detener al basurero. Elvira se había quedado petrificada mirando a Lidia. Aunque fue un instante, pude ver su cara afilada de un tono grisáceo y los ojos azules aguados.

—Tenemos que irnos —dije.

—Vamos, madre.

Lidia cogió la mano de Elvira y subieron las dos por la puerta trasera que les abrí. Me puse al volante y arranqué. A lo lejos, calle abajo, por el retrovisor pude ver unos destellos azules. Aceleré para cruzar la glorieta de Atocha y subir por la cuesta de Moyano. Me interesaba porque era un camino más accidentado que el del paseo del Prado. Me quedaba la esperanza de conducir mejor que las nuevas generaciones de policías. Enseguida, además de ver los destellos pudimos escuchar las sirenas.

—No se preocupe, señora, de ésta salimos —animé con escaso convencimiento.

Coloqué el retrovisor para verlas: Lidia lloraba con la cabeza apoyada en el pecho de su madre pero ella, Elvira, con su cara estrecha y en forma de quilla de buque, producto sin duda del hambre y quizá del odio, la acariciaba mecánicamente concentrada en mí, estudiándome.

—Descanse ahora un poco, lo va a necesitar. Nos dirigimos a casa de unos amigos de Lidia. Pregúntele a ella si quiere. Espero que esto —y saqué del bolsillo de mi chaqueta la foto completa— sea suficiente para que se fíe de mí.

Escuché su suspiro y vi cómo su sombra dejaba caer la

cabeza sobre el respaldo. Volví a colocar el espejo de forma que pudiera controlar a la policía. Seguía viendo las luces giratorias y escuchando las sirenas pero un poco más lejanas. Si el destino tenía previsto que nos detuvieran, que no fuera ahora que llevábamos encima la foto y a la testigo. Creía que era todo lo que teníamos contra los Martí.

16

Cuando giramos para coger hacia el este la calle de Alcalá, ya habíamos perdido a la policía. Aún no sé muy bien cómo lo conseguimos, porque la vista se me enturbiaba a veces; las farolas, aunque escasas, creaban estrellas muy grandes de cuatro puntas, una de las cuales conseguía siempre deslumbrarme. Necesitaba dormir, necesitaba comer, descansar. Aquel asunto se había convertido para mí en una especie de promesa y yo no solía ser tan místico. En el asiento de atrás, madre e hija seguían abrazadas y en silencio. Al principio me extrañó que no hablaran, después les di la razón: qué podían decirse que no expresaran mejor las lágrimas y un abrazo. Era yo el que tenía que hablar pero no me atrevía a romper su comunión. Probablemente para Elvira representaba el momento más feliz en diecisiete años. Me dediqué a recapitular para planificar nuestros siguientes movimientos.

Teníamos la foto y a la testigo. Podríamos acusar a Julián del asesinato de las mendigas y de Hortensia. Como posible apoyo teníamos al tal general Laseca, al que Hortensia tenía orden de Elvira de enviarle la foto si a ella le pasaba algo. El dato del general había cobrado importancia en mis cálculos porque Lidia me acababa de contar que Julián había sufrido un atentado y que él y su padre habían acusado sin duda a los militares. Tal vez los dos hombres, el general y León, tuvieran algún enfrentamiento en el que podríamos apoyarnos. Enfrentamiento particular o como representantes de alguna facción. Tenía que preguntárselo a Elvira cuanto antes.

—Elvira —dije en un susurro, como si estuvieran dormidas—, ¿por qué quería usted que, si le sucedía algo, Hortensia le enviara la fotografía al general Laseca?

Noté que la mujer dudaba. Lidia también se dio cuenta. Dudaba de mí.

—Puedes confiar en él, madre.

—¿Se lo dijo la propia Hortensia? —me preguntó.

—Sí, después de que le dispararan.

—Ha muerto, claro —afirmo con serenidad Elvira—. ¿Tiene usted la fotografía?

—Sí que la tiene, madre, por eso te digo que podemos confiar en él.

—Ni él ni tú deberíais estar aquí.

Admiré la fuerza de aquella mujer, su determinación: acababa de recibir la noticia de que su única amiga había muerto y no se había permitido ni un suspiro, nada, tan sólo preguntar por su fotografía, asegurarse de que seguía teniendo una meta, un destino.

—Señora —dije—, creo que sería mejor para todos que nos contara usted lo que pretende hacer.

—Desde que me detuvieron a finales de abril del treinta y nueve he luchado por sobrevivir. No por mi vida en sí, que de poco ha valido…

—No hables así, madre —dijo Lidia.

—Déjame terminar. Sólo tú has quedado de todos aquellos sueños que nos llevaron a luchar. Sólo tú. No he luchado por conservar mi vida. ¡Cuántas veces no me habría dejado ir! Una vez al día sopesaba la idea. Pero lo soporté todo, el miedo, las ratas, las palizas, los traslados, el hambre, las humillaciones, todo lo soporté por la remota posibilidad de salir un día y terminar con los Martí. Los Martí debían pagar no sólo lo que nos hicieron a nosotros, a mi marido, a mi hija, a mis camaradas, a mí… No, debían… deben, digo ahora, pagar como símbolo de todos ellos, de todos los que pasaron por encima de la verdad, de la amistad, de todo lo que nos hace humanos.

La mujer calló durante unos segundos y después rectificó su discurso.

—Voy a dejarme de tonterías. Lo que quiero decir es que no he soportado tanto, odiado tanto y esperado tanto como para confesarme ahora con un desconocido.

—La entiendo. Yo haría lo mismo, supongo.

Al llegar a Doctor Esquerdo giré bruscamente para coger Hermosilla.

—¿Adónde vas? —gritó Lidia—. Creí que nos llevabas con los Granda.

—Tenemos que aclarar algunas cosas antes.

Aparqué en Fundadores, una calle estrecha y muy pina por la que no sería fácil que patrullara la policía. Me giré hacia atrás y apoyé mis brazos en el respaldo del asiento.

—Mire, Elvira, vamos a resolver esto antes de hablar con los Granda. Ellos están dispuestos a ayudarla. En realidad, César fue quien envió a Lidia a contratarme para que la encontrara a usted y poder unirse a su cruzada justiciera. Y yo he cumplido. Aquí está usted. Después, César me ha pedido que protegiera a su hija, a Lidia. No sé cuánto sabrá usted pero baste con decir que también a nosotros nos buscan los Martí. Ya la pondrá al día su hija. Con todo esto quiero decir que, si usted no confía en mí, las llevo junto a los Granda y desaparezco.

Con las funciones tan alteradas como las tenía, puede que hubiera vomitado si mi farol hubiera sido aceptado, pero noté la decepción en los ojos de Lidia y el desconcierto en los de Elvira. Los mismos ojos con diversas temperaturas. Unos cálidos, esperanzados, los otros fríos, casi muertos.

—Madre, Hortensia ha muerto, César se está muriendo y Adelaida no puede ayudarnos. Tienes que confiar en él.

—No quiero ayuda, lo haré sola. No quiero más muertos de nuestro lado.

—Te lo ha dicho Héctor hace un momento. Nos buscan, estamos tan metidos en esto como tú. No hay vuelta atrás.

Eché de nuevo mano al bolsillo de mi americana y saqué otra foto, la que me había dado León Martí para que buscara a Lidia. Por una especie de pudor, para dejarlas deliberar tranquilas, estaba de nuevo mirando hacia delante y le pasé la fotografía a Elvira por encima de mi hombro.

—¿Por qué no me lo habías dicho antes? —preguntó Lidia con irritación en cuanto la vio.

—Habrías dudado de mí. Como lo está haciendo ahora tu madre.

—¿Qué significa todo esto? —preguntó Elvira.

—Significa que León Martí le ha encargado a Héctor buscarme y entregarme.

—¿Y por eso hemos de confiar en él?

—Ha tenido muchas oportunidades para hacerlo y cobrar el buen dinero que seguro que mi suegro le ha ofrecido. Y sigue aquí. Lleva un revólver. Con arrancar el coche y acercarnos a la primera comisaría se convertiría en un hombre rico y libre.

Elvira dudaba todavía.

—Estoy de su lado, créame —dije—. No sé muy bien por qué, pero estoy de su lado. Quizá porque trabajé para los Martí y no me gustaron. Quizá porque ustedes, me refiero a los Granda, a usted misma, tienen derecho a seguir luchando y me gusta que lo hagan; quizá por Lidia también… para que pueda, al menos por una vez, decidir sobre su futuro, sobre su propia vida. Quizá por mí: para sentirme alguien, para sentirme vivo. Déjeme que les ayude.

Elvira tardó en decidirse pero por fin asintió. Lidia y yo nos miramos y sonreímos. Probablemente fuera la primera vez. Que hubiera traicionado a los Martí hacía que me viera con otros ojos. De un lado, como ya había rectificado ella, no todo lo que hacía era por dinero; de otro, había obtenido respuesta a su pregunta de por qué estaba yo allí: por ella. Pareció gustarle.

—Háblenos entonces del general Laseca. ¿Todavía cree que puede estar de nuestro lado?

—De nuestro lado no, pero estoy casi segura de que nos ayudará mientras le sirvamos para sus fines.

—Díganos por qué.

—Julián Martí mató a su hijo, al hijo del general.

—¿Lo sabe él?

—El general tiene una carta que, siguiendo mis instrucciones, le envió Hortensia cuando salió de la cárcel. Era anónima, claro. En ella le contaba cómo había muerto su hijo y quién había ordenado su ejecución. Sin pruebas, claro.

—¿Qué pretendía usted?

—Se trataba de un intento desesperado para que todo saltara por los aires. El general se enfrentaría a Martí. Como encubrirían el motivo del enfrentamiento, podía darse una espiral, en la que tal vez terminaran enfrentándose los falangistas y el ejército.

—Casi lo consigue usted. Aunque no puedo estar seguro al cien por cien, el general intentó matar a Julián Martí. Por lo que sé, la espiral no se dio.

—Probablemente porque los Martí no sabían entonces la razón de que Laseca les atacara. Ahora es cuando vamos a proporcionarle al general todas las pruebas que necesita.

—¿Qué pruebas? ¿La foto? —pregunté ansioso.

—No sólo he guardado todos estos años la foto y Hortensia una copia, también ahora he recuperado una carta del hijo del general, una carta dirigida a su padre y que el padre nunca recibió.

—¡No es posible! —se admiró Lidia.

—Siga usted, por favor.

—Sabéis que, durante la República, denuncié a Julián Martí por homicidio, ¿no?

Lidia y yo asentimos.

—Por homicidio y por conspiración contra la República. Para apoyar mi denuncia reuní un buen expediente sobre él. En esas carpetas guardaba la carta que un joven, Valentín Laseca, le había escrito a su padre, el comandante Laseca, que luchaba a las órdenes de Franco.

—¿Acusa el muchacho en la carta a Julián? —pregunté.

—No, claro que no. Ojalá. De haber sido así, aun arriesgando mucho, yo le habría enviado al general la carta de su hijo y, con mi testimonio, quizá hubiéramos logrado dar batalla legal. No. El general necesita ahora la carta de su hijo, la foto y mi testimonio para poder acusar a los Martí.

—Vamos a conseguirlo, madre, ya lo verás.

—Cuéntenoslo todo. ¿Cómo es que ha recuperado ahora esa carta?

—La encontré, la carta quiero decir, entre los efectos personales del muchacho cuando me encargaron hacer un paquete con ellos y llevarlos al almacén de documentación. Desobedecí y la guardé para mi expediente. Cuando mi denuncia fue admitida a trámite, Julián Martí desapareció; debía de ser en marzo del treinta y nueve. Casi de inmediato, los fascistas entraron en Madrid y mi marido y yo decidimos quedarnos. Vivimos en nuestra casa de Carabanchel casi un mes antes de que vinieran a detenernos. Un día, durante ese mes de libertad provisional, cayó en mis manos un periódico de los nacionales en el que se glosaba la figura de León Martí. Según el periodista, el señor Martí había salvado a muchos patriotas valencianos durante los tres años de guerra. También había dado un hijo por la patria, el joven Otón Martí. Ahora su primogénito y don León se disponían a arrimar el hombro para reconstruir la nueva España. Junto al artículo había un huecograbado en el que podía verse a don León, henchido de orgullo, pasando el brazo por los hombros de un joven vestido con una camisa azul y correajes negros. Su primogénito: Julián, mi compañero en la checa desde el treinta y ocho. Os podéis imaginar mi indignación, claro. Yo estaba dispuesta a denunciarle pero mi marido me hizo pensármelo mejor. No me creerían; pensarían que era un ardid para salvarme. Y así hubiera sido probablemente. Nunca tendré la certeza. Quizá la foto y esa carta le hubieran salvado la vida a mi marido. De todos modos, todavía estaba pensando cómo actuar cuando vinieron a detenernos. La verdad es que nosotros, al menos mi marido y yo, jamás pensamos que la represión iba a ser tan amplia y tan cruel. Creíamos que, como ya se habían hecho con el control de España, pronto cesarían las venganzas y los muertos. Entonces, tras digamos la reconciliación, sería el momento de denunciar a los Martí, su traición a los dos bandos, su absoluta falta de escrúpulos. No fue así, pero eso ya lo sabéis. La carta...

Elvira se permitió una sonrisa, la primera que yo le había visto. Ni al reencontrarse con su hija había sonreído. Algo en aquella historia de traiciones y represión tenía su gracia. Al menos para ella. Continuó:

—Al escuchar los gritos, los golpes en las puertas de los vecinos, supimos que también vendrían a por nosotros. Cogí las copias de la foto y la carta del joven Laseca. Las llevaba encima cuando nos subieron al camión. No me habían registrado pero supuse que en algún momento lo harían. Las fotos, si me las encontraban, podrían pasar por recuerdos, la carta me condenaría. Y se me ocurrió cómo guardarla mientras me tuvieran detenida. Acusé a un hombre del barrio, un buen vecino, de haber sido él quien nos había denunciado a mi marido y a mí. Tenía la esperanza, como así fue, de que si yo le acusaba de fascista le dejarían marchar.

—Tú, Onofre, tú nos has denunciado. Siempre he sabido que eras un fascista —dije yo en voz baja.

—¿Quién se lo ha contado? —preguntó Elvira más asustada que sorprendida.

—El propio Onofre. Usted le acusó y él se salvó.

—Y le metí la carta en un bolsillo de su chaqueta. Me la ha guardado durante todos estos años.

—Por eso usted fue a Carabanchel, a recoger la carta, por eso Onofre el carbonero la vio y... —me interrumpí. Iba a decir «y pudo contárselo a las hienas».

Pero no hacía falta. Poco importaba que yo hubiera cerrado el círculo. No quise hablarle a Elvira de la traición de Onofre. Él fue quien puso tras su pista a Beltrán y a Julián Martí. Él, en definitiva, era quien había lanzado a las hienas contra las mujeres del río. Por dinero, como confesó. Por su hijo. De poco le había servido. O de mucho. En ese último pecado encontró la fuerza para marcharse llevándose al chaval consigo. Por otro lado, no le había entregado a Julián la carta; en cierto modo le había sido leal a Elvira. Para ella era un héroe. De poco valdría que Elvira perdiera un héroe.

—¿Qué más ibas a decir? —preguntó Lidia.

—Nada —respondí—. Que Onofre fue quien me puso tras las huellas de Elvira.

—Onofre me contó lo que él sabía de estos últimos

años —continuó Elvira—. Él fue quien me dijo que los Martí habían adoptado a mi niña y que luego Julián se había casado con ella. Por un momento incluso perdí la vista. De odio. Julián no sabía cuánto tenía yo contra él y había querido protegerse sacrificando la vida de mi hija.

—No fue así, madre. No se casó conmigo para protegerse. Me quería desde que me vio con los Granda por Valencia, cuando era yo muy cría. Es verdad que él organizó mi adopción para no perderme, pero no tiene nada que ver contigo.

—No lo sé, hija. El caso es que le pedí a Onofre unas tijeras, corté la foto y, apenas salí de su casa, busqué en una guía, en el estanco, la dirección de los Martí, compré un sello y les envié la mitad de la foto. Necesitaba no sólo que finalmente la justicia cayera sobre ellos, necesitaba que sufrieran, que pasaran miedo como lo había pasado yo.

—¿Por qué no fue entonces a denunciarles? Tenía la foto, la carta de ese pobre muchacho y su propio testimonio.

—Porque encontré a Hortensia y me puso al día. Los Martí son intocables y muy peligrosos. Su organización ha penetrado en todos los ministerios, alcanza incluso a la policía y al ejército, también a los jueces. Si vamos como dos ingenuas a denunciarles no duraremos ni un día, me dijo. Sus palabras, al principio, me parecieron una exageración, pero al día siguiente mataron a la primera mujer bajo los puentes.

—Y usted tenía que encontrar primero al general Laseca, ¿no es eso?

—Hortensia ya lo tenía localizado —dijo Elvira asintiendo—. Al que al final de la guerra era comandante le habían ascendido a general y trabajaba en El Pardo. Era de los servicios de inteligencia. Quizá tuviera suficiente influencia para contrarrestar a los Martí, no lo sabíamos. Hortensia y yo nos devanamos los sesos para encontrar una forma de hacerle llegar al general todas las pruebas y que confiara en mí, en mi testimonio. La foto era fácil porque podríamos hacer otra copia. El problema era la carta: querría ver el original pero no podíamos enviárselo, claro, no debíamos quedarnos sin él; era la base para nuestra negociación. Tened en cuenta que no sabíamos cómo se lo tomaría. Quizá ya ni le interesara vengar a su hijo. Hortensia decía que no podíamos quedarnos sin nada para defendernos.

—Y tenía razón —dije yo—. Usted sí, usted estaba dispuesta a entregarle todo al general aunque quedara sin protección alguna, ¿no es así?

—Ya no podremos saber nunca qué es lo que yo hubiera hecho, ¿verdad? Fue la noche que íbamos a decidirlo cuando dispararon contra Hortensia. Eso fue anteayer; he pasado estos dos días escondiéndome y viniendo a la casa de baños de madrugada.

Lidia abrazó a su madre.

—¿Es verdad que no has sido tan infeliz? —preguntó de repente Elvira.

—No, madre, no lo he sido.

—Pero no te dejaron elegir.

—No, no me dejaron elegir.

Puse en el coche en marcha. Por fin descansaríamos un rato en el chalé de los Granda.

17

Como había hecho Lidia unas horas antes, aparqué a unos buenos trescientos metros del chalé. Teníamos la suerte de que durante la persecución la policía no se había acercado a nosotros lo suficiente como para tomar el número de la matrícula, pero nunca se sabe. Quizá se hubieran detenido a hablar con el basurero que me agredió y él sí recordara el número. Quizá los Martí anduvieran buscando el coche con discreción. En fin que, en nuestras circunstancias, ninguna precaución estaba de más.

Desde lejos vi que en casa de los Granda no había luz pero tampoco me extrañó porque ya había sorprendido una vez a César escuchando una emisora prohibida a oscuras. Tampoco la calle en su conjunto se diferenciaba mucho de cómo la habíamos dejado hacía unas horas. Tal vez más coches aparcados; vecinos que habían regresado tarde a casa. Aun así, por precaución, caminábamos los tres en silencio; yo unos pasos por delante y ellas a mi espalda, cogidas del brazo, sintiéndose. Entonces vi la luz, una fracción de segundo. Una cerilla, la brasa de un pitillo, el reflejo en la ventana de un auto de una polilla iluminada por un farol… Me detuve, me quedé a medio paso, una pierna adelantada, y levanté la mano para que Lidia y Elvira se detuvieran también. Había funcionado el puro instinto porque no tenía otra evidencia; ni siquiera estaba muy seguro de lo que había visto y en qué coche lo había visto.

Entre nosotros y la casa, a unos cien metros, había cinco vehículos, dos más que cuando salimos de allí después de que Santos nos avisara de la muerte de Hortensia. Vecinos, ya digo, nada sospechoso. Aunque todo pudiera ser fruto de mi imaginación, ordené a las mujeres con un gesto que retrocedieran lentamente. Así, pegados a la pared, por la senda oscura que los conos de luz de los faroles dejaban junto a los muros, regresamos hasta Doctor Esquerdo. Yo había caminado de espaldas, sin dejar de observar ni un segundo los coches aparcados, pero no volví a ver la luz. Ni ningún otro movimiento. Si había alguien en uno de los coches no se había percatado de nuestra presencia o lo fingía muy bien. No les hablé hasta que alcanzamos el amparo de la esquina, giramos y nos alejamos cien metros a buen paso.

—No me preguntéis qué ocurre porque no lo sé, pero voy a ir yo solo. Si no pasa nada, enseguida vengo a recogeros. Un poco más adelante hay una casa de socorro o un ambulatorio, no estoy seguro; me esperáis allí. Si es necesario, usted, Elvira, finja algún tipo de malestar. Lidia, tú eres su vecina y la estás acompañando. Vais a urgencias. Os pidan o no os pidan la documentación, no digáis que sois madre e hija: lleváis diferentes apellidos.

Regresé sobre nuestros pasos aunque ahora, al entrar

en la calle del chalé, avancé agachado. El tercer coche desde donde yo estaba era un Fiat 1500, un modelo que había comenzado a utilizar profusamente la Social y también, aunque menos, la Criminal. Sin embargo, parecía vacío. Lo observé durante unos diez minutos. Ni bultos ni movimiento. Ni luces. No descartaba que fuera un servicio de vigilancia habitual pero es muy difícil montarlo tan discreto. En primer lugar la vigilancia habitual se hace en parejas por lo que, para esconderse tan bien, para agacharse lo suficiente, es necesario tumbarse en los asientos a lo ancho del coche. Por tanto, hubieran debido colocarse uno en el asiento de delante y otro en el de detrás. Aun así, estaban obligados a levantar la cabeza de vez en cuando y yo los hubiera visto recortados contra el parabrisas a no ser que… ¡estuvieran vigilando con espejo! Eso explicaría lo que yo había visto: el reflejo de un movimiento involuntario del espejo. La técnica consistía en encogerse lo más posible para no destacar por encima de los respaldos y colocar un espejo sobre el salpicadero de tal forma que vieras el objetivo de la vigilancia. Por alguna razón habían movido el espejo y un rayo de luz les había delatado. Pensé en dar media vuelta y marcharme. Pero ya digo que algo había cambiado en mí en aquellas horas. Si me largaba, cuando Beltrán, tenía que ser Beltrán, comprendiera que les habíamos detectado y que no volveríamos a ese chalé para que nos cazara, entraría y trataría de sacarles a Adelaida y a César una confesión sobre nuestro paradero. Como estaba actuando ilegalmente, una vez obtenida la confesión —y por muy creyentes en la causa que fueran los dos hermanos, no tenía duda de que terminarían cantando—, Beltrán estaría obligado a deshacerse de ellos. Tal vez hace unos días no me la hubiera jugado, les habría dejado a su suerte y habría puesto tierra de por medio, quizá me hubiera comportado igual hace unas horas. Pero… ya no. Quise pensar que no podía abandonarles porque no me interesaba que Beltrán les interrogara. Enseguida me di cuenta de que era un razonamiento falso. Poco podrían decir los Granda de nosotros que Beltrán y Julián no supieran. Por más que buscaba no le encontraba ningún sentido práctico a jugarme la vida por ellos. Pero sabía que así iba a ser. Se había creado un lazo que me unía a esas personas de una forma que sencillamente hacía imposible la traición. Imposible.

Avancé casi a rastras hasta el primer coche de la fila. Seguía sin ver ninguna señal de ocupación en el 1500 pero, si estaban, tenía que ser allí. Saqué mi Euskaro con aprensión. Apuntar a un policía con mi revólver significaba habilitarme como blanco; a partir de ese momento cualquier otro policía podría disparar sobre mí impunemente. Beltrán no dejaría pasar la ocasión de ordenar mi caza; conociéndole, utilizaría además en la circular la frase «vivo o muerto». El que me disparara ni siquiera tendría que dar explicaciones: lo resolvería con un informe de media página. Yo no pretendía disparar, claro, pero el Euskaro era lo único contundente que podía conseguir y sí que al menos debería golpear. Neutralizar, que dirían ellos. Avancé caminando en cuclillas un coche más y después me situé en el parachoques trasero del 1500. Tenía que hacer salir del coche al menos a uno de ellos para apuntarle, desarmarle y tomarle como rehén para exigirle al otro que tirara su pistola. La única forma de que uno de ellos se apeara: un golpe o un ruido en el coche o bajo el coche. El ruido debía ser lo más inocente posible para que, con un poco de suerte, el que saliera lo hiciera sin el arma en la mano; no era imprescindible, pero sí conveniente. Saqué la moneda de mayor tamaño que llevaba en el bolsillo, una de dos cincuenta, y la tiré para que cayera justo bajo la puerta del conductor. El de las monedas es un sonido característico y no suele asociarse a una agresión sino a un descuido. Esperaba que el policía tuviera unos mecanismos psicológicos no perturbados. Y así fue. Escuché, amortiguado por las ventanillas cerradas, un «¿qué coño...?» y la puerta se abrió. Ni siquiera tuve que encañonarle. El conductor, a la sazón Beltrán, después de mirar por el espejo retrovisor y hacia la casa, se aseguró de que no había nadie y se apeó sin sacar su pistola, buscando a quién se le había podido caer una moneda y luego buscando la moneda caída. Sólo tuve que darle con el Euskaro en la sien mientras comprobaba aliviado que en el asiento trasero no había nadie. Tuve tiempo incluso de sujetarle antes de que cayera al suelo. Lo dejé sentado frente al volante. Aunque no habíamos hecho ruido, comprobé que nadie había salido a las ventanas, que ninguna se había iluminado, y le quité el arma. Para mi sorpresa, era una Star A-40 del nueve largo, la pistola reglamentaria de la Guardia Civil. Maniaté a Beltrán con sus propias esposas y luego, aun a riesgo de asfixiarle, me aseguré de que una mordaza le impidiera gritar si se despertaba; por último, de un tirón arranqué el micrófono de la radio. Beltrán no estaba de servicio, trabajaba para los Martí, pero con la furia de haberse visto burlado podría llamar a algún policía de su cuerda que sabría mantener la boca cerrada; después le pagaría con dinero de los Martí.

Corrí hacia el chalé: tenía que llevarme cuanto antes a los dos hermanos. En cualquier momento aparecería Julián.

Mientras llamaba a la puerta, deduje que Beltrán había encontrado el chalé siguiendo a Santos cuando vino a avisarnos de la muerte de Hortensia. Quizá incluso me hubiera visto salir con Lidia y Santos. ¿Por qué no nos había seguido entonces? Un razonamiento estrictamente policial. Como estaba solo y tenía que decidir si seguirnos o continuar vigilando lo que él llamaría la guarida, optó por quedarse: a la guarida volveríamos y, mientras tanto, podría aparecer por allí Elvira Nicuesa. La presa, el objetivo. ¡Qué coño! Me acordé de cuando habíamos salido de allí: César nos había alcanzado para ofrecerme una pistola y yo le había respondido que luego, cuando volviéramos o algo así. Nos había tenido que oír. Por eso se había quedado a esperar plácidamente hasta tenernos a todos reunidos en la «guarida», por eso Julián estaría a punto de aparecer.

A pesar de que continuaba golpeando la puerta, nadie había salido a abrirme. Un presentimiento cruzó mi cerebro como un relámpago. Utilicé la ganzúa y entré.

Había registrado la casa. Estaban los cajones de los muebles abiertos, las sillas volcadas… ¡Claro! Las instrucciones de Julián Martí debían de ser muy claras: primero encontrar su fotografía vestido de comisario comunista; después vengarse de nosotros. Ése era el orden inalterable.

Ahora sí sabía la razón de que Beltrán no nos hubiera seguido. Al vernos marchar, Beltrán había visto su oportunidad: si no éramos idiotas, habríamos dejado la foto en casa porque era más seguro que llevarla encima. Su mente debió de llenarse de ascensos y medallas. Conseguiría esa foto y su carrera despegaría imparable. Los Martí podrían llevarle del brazo hasta la mismísima Jefatura Central.

Llamé a gritos a Adelaida y César pero no hubo respuesta. La verdad se iba abriendo paso en mi cabeza pero no quería aceptarla. Esperaba encontrarlos maniatados y amordazados en algún armario, en el sótano... Todavía vivos. Sin embargo, no escuchaba otro sonido que mi respiración: ni ruidos guturales, ni roces... Abrí la puerta del segundo baño, el de servicio, que estaba al fondo de la casa, junto a la cocina. Adelaida y César se encontraban allí, sí, maniatados y amordazados y... sin rostro; dos tiros a bocajarro en la nuca se habían llevado, al salir por delante, por sus caras, trozos de cráneo del tamaño de una manzana.

Recuerdo, por lo inusual, que no me temblaban las manos. Me dirigí lentamente hacia la puerta de la calle. Sin pensar. Ningún juez me creería pero es la verdad. No hubo premeditación. Juro que sólo en el último momento antes de salir a la calle, en el *hall*, insisto, sin pensar en ello, me agaché a recoger un cojín tirado en el suelo. Con el cojín en la mano izquierda salí a la calle. Directo hacia el 1500. Ahora trato de revivir ese momento y veo la escena como si mirara a través de un tubo de cartón. Oscuridad a ambos lados y la imagen central subiendo y bajando con cada pálpito, con mi pulso, con el golpe de la sangre en mis sienes. El 1500 cada vez más cerca. No pensé como antes en las ventanas que podían iluminarse. Ni en que hubiera otras personas por la calle. Tampoco pensé, lo reconozco, en Lidia y Elvira, que me esperaban. Ni en el escéptico contemplativo que yo creía ser. Ningún pensamiento me perturbaba. Como un animal o una máquina, me dije. Y al llegar al coche abrí la puerta, puse el cojín sobre la cara de Beltrán y disparé tres veces. No escuché los disparos. No me detuve. Cerré la puerta sin cuidado y continué caminando. No alteré mi paso hasta llegar a la casa de socorro. Lidia y Adelaida esperaban sentadas en un banco de madera. A la vista sólo estaba la enfermera de guardia.

—Nos vamos —dije.

—¿Y César y Adelaida? —preguntó Lidia.

—No vienen. Os lo contaré en el coche.

Me obedecieron y salimos los tres a la calle. Para recoger el auto debíamos volver sobre mis pasos. Acercarnos al policía muerto. No sentí miedo; tampoco pena. Tan sólo la certeza, en su justo significado, de que terminaría aquello que habíamos empezado. Y también la certeza de que si Lidia había de morir, lo haría después que yo.

18

Ya en el coche, conté que Beltrán había matado a los Granda y yo a Beltrán. No recuerdo si esperaba lágrimas, no las hubo. Lidia, que ahora se había sentado a mi lado, puso una mano sobre la mía, que descansaba en la palanca de cambio de marchas. Era la primera vez que nos tocábamos. Por el retrovisor vi que Elvira apretaba las mandíbulas y, en lugar de mirar al frente, que era su postura habitual, comenzó a mirar por la ventanilla las aceras vacías, las tiendas cerradas, pensando tal vez en cómo se van las vidas de alguna gente, tan sin molestar, tan sin perturbar, sin que se note. Adelaida y César ya no estaban. Nada más. Su muerte ni siquiera había generado palabras. Era una reacción de soldado acostumbrado a perder compañeros. Es lo que hay. Aprovechemos lo que nos queda de vida.

Yo, por inercia, habituado al cinismo, pensé que los hermanos, ni viviendo ni muriendo, habían conseguido cambiar el mundo. Sin embargo, me comportaba como ellos cada vez más. Como si la filantropía fuera una enfermedad contagiosa.

Pasé a los asuntos prácticos. La primera tarea en nuestra lista de pendientes era encontrar un lugar seguro para comer y descansar, al menos lo que quedaba de noche. Al día siguiente, en cuanto con la ayuda de Santos encontráramos un método seguro para nosotros de establecer contacto con el general Laseca, los acontecimientos se precipitarían. Mejor dicho, nosotros los precipitaríamos. Una vez puesta en marcha, la función no duraría mucho. No se tarda tanto en morir.

—¿Conocéis algún sitio para escondernos hasta mañana? —les pregunté mientras conducía.

Lidia negó con la cabeza. Elvira ni se movió. Tampoco a mí se me ocurría nada.

—¿Crees que seguirán vigilando tu oficina?

—La policía ya no, casi seguro. Beltrán no tenía motivos legales para destinar recursos a mi vigilancia. Otra cosa son los hombres de don León. Tal vez haya dejado a alguien merodeando por si acaso. Después de destruir las pruebas que hay contra su hijo, lo que más ansía en estos momentos es matarme lentamente. No sólo le he desobedecido y no te he entregado, además estoy de vuestro lado, impidiendo que os cace. Seguro que jamás le han traicionado doblemente.

—¿Cómo crees que organizarán nuestra caza? —preguntó Elvira con frialdad. Recordé que, de una forma u otra, durante la guerra había trabajado como policía.

—Esperemos que los Martí tarden en encontrar a Beltrán. Todavía creen que él les llevará la foto y quizá… —dudé en el tratamiento y me decidí también por el tuteo; estábamos hablando de su propia muerte— tu cadáver.

—¿Cuánto crees que saben? —volvió a preguntar Elvira.

—Hay que ponerse en lo peor. Todo. Debemos comportarnos como si lo supieran todo. Habrán puesto a trabajar todas sus antenas junto al general. Nos estarán esperando.

Recorríamos Goya a muy poca velocidad y me descubrí mirando esa calle como si fuera la última vez que la vería. Al llegar a la Castellana dudé hacia qué mano girar.

—A la izquierda —me indicó Elvira con seguridad.

—¿Por qué? —pregunté a pesar de que la estaba obedeciendo.

—Tengo las llaves de un piso franco. Podremos aguantar allí unos días.

—Se resolverá antes —predije.

A Lidia se le escapó un gemido. Elvira le puso la mano en el hombro. Nada más: ni otro tacto ni una palabra. Parco consuelo de una madre tantos años desaparecida. Lidia aprendía con urgencia el afecto entre los héroes.

—¿De quién es el piso? —pregunté.

—No importa.

Elvira se había movido con eficacia los pocos días que llevaba en libertad. Al menos había establecido contacto con sus antiguos camaradas. Y con éxito: que le prestaran un piso suponía que de alguna forma estaban de acuerdo en lo que Elvira iba a hacer. No era una mala noticia. Habituado al chalaneo, intenté exprimir al máximo:

—¿Podrían en un momento dado aportar también algunos hombres?

—Si quieres lo intento, pero como acto político ya te

adelanto el no. Quizá a título individual, pidiéndoselo uno a uno. Ética, moralmente no ponen ningún reparo a nuestra acción. Además, personalmente, muchos nos estarán agradecidos. Pero, según me han explicado, no es el momento político: parece que los Martí, como siempre, han puesto un pie en cada lado de la raya y ahora el padre, con el fulgor que le transmite su hija la marquesa, pasa por ser un monárquico y, por tanto, relativamente antifranquista. Los que nos prestan el piso creen que pronto él y otros de su cuerda se sentarán con la izquierda en el exilio a negociar el posible relevo del Generalísimo; mientras, claro, su hijo destaca como uno de los más eficaces defensores del régimen.

—Los Martí siempre flotando.

—No es una táctica nueva. La inventó la Iglesia hace mucho tiempo.

—¿Dónde está ese refugio?

—En los pisos que la Obra Sindical del Hogar tiene al final de García Noblejas.

—¿Lo que llaman San Blas? No he estado nunca.

—Un poco antes, en Simancas por lo visto. San Blas es todavía un proyecto; viviendas de protección oficial a la espera de que lleguen del campo miles de familias a trabajar en el desarrollo del Opus Dei.

También había tenido tiempo de ponerse al día en la política nacional bajando hasta el nivel municipal. ¿Por qué no había ofrecido todas sus potencialidades al Partido en lugar de luchar por su cuenta en una batalla perdida? Tal vez porque de haberlo hecho yo no habría conocido a Lidia. Esa línea de pensamiento fantástico se abría paso en mi cerebro con normalidad. Creo que no soy el primero en decirlo: el hambre y el sueño llevan al misticismo. Han quedado grabados en mi memoria como esos momentos aislados que recuerdas tras una borrachera.

Llegamos a Simancas cuando ya se veía una raya de luz en el horizonte. No había edificios que retrasaran la vista de la aurora. Allí acababa la ciudad, para nosotros y entonces, maldita. Habíamos llegado hasta el final. La huida era imposible. Ahora sólo quedaba revolverse y luchar. Elvira debió pensar algo parecido:

—¿Por qué no me dejáis aquí y seguís con el coche hasta donde esta carretera lleve?

—No te voy a dejar ahora, madre.

—Y yo no la voy a dejar a ella. Tengo un contrato verbal. Afectaría a mi reputación.

Ninguna rió mi chiste.

Quizá también fuera por el cansancio pero me sentía bien. César hubiera dicho que me encontraba en paz conmigo mismo porque después de mucho tiempo estaba haciendo lo correcto moralmente, lo justo, y que era eso lo que me daba fuerza.

Sin embargo no me quitaba el miedo, que volvió a buscarme cuando nos vimos obligados a callejear un buen rato con el coche. Las calles no tenían todavía carteles con sus nombres y, aunque a Elvira le habían dado instrucciones para llegar, sin preguntar resultaba difícil orientarse. Gran parte del barrio estaba sin asfaltar y las lluvias de febrero lo habían convertido en un barrizal. Nadie sin algo que ocultar daba vueltas y vueltas en aquel entorno. Y menos con un coche nuevo. Cualquier patrulla de la policía nos habría parado sólo para identificarnos. Por fin, cuando ya me dolían las mandíbulas de apretarlas, Elvira reconoció en una fachada, en el balcón de un piso bajo, dos macetas con geranios flanqueando a una con amor de hombre. Ése era nuestro refugio. Pactamos una señal y dejé que las dos mujeres se apearan. Yo fui a aparcar el coche lejos de allí. De regreso al piso entré en un bar que estaban abriendo. Eran las seis y algo de la mañana. Si Santos no se había emborrachado y cumplía su palabra tal vez ya estuviera pegado al teléfono de Casa Santiago. No perdía nada por probar. Entre al bar y pedí un café con leche. Compré una ficha y fui a llamar al teléfono público.

—¿Dígame? —reconocí la voz de Santiago.

—Soy Héctor. ¿Tienes por ahí a Santos?

—¿Qué le has hecho a ese hombre? Me estaba esperando cuando he llegado. Y sobrio. O sea, que había ido a casa, dormido y vuelto.

—Ya te explicaré el sortilegio. Dile que se ponga, es urgente. —No terminaba de creer la suerte que tenía.

El camarero de mi bar, un hombre bien entrado en años pero sin duda más joven que su delantal, en cuanto dejó el café con leche sobre la barra, cogió una escoba y simulando barrer se acercó hasta donde yo hablaba. Podía ser mera curiosidad pero también era posible que tuviera algún apaño con la comisaría y se ganara un sueldecillo extra por tener a los polis informados de quién era quién en el barrio. Siempre es útil para la policía ese tipo de información en un barrio que se está creando, que está creciendo. Ni siquiera cuando pertenecía al Cuerpo conseguí tragar a los soplones.

—Soy policía —le dije con amabilidad, e inmediatamente grité como un verdadero policía—: ¡Que se vaya a tomar por culo y me deje hablar tranquilo!

Probablemente se lo tragó: yo tenía bien aprendidas las maneras.

—¡Dígame, don Héctor, ¿está usted bien?! —escuché gritar a Santos a través del teléfono.

—Sí, tranquilo, y también las dos mujeres.

—Sólo las dos mujeres, ¿verdad?

Muy ágil de mente Santos: había comprendido.

—Beltrán te siguió hasta el chalé. Cuando nos fuimos entró. Ha hecho una escabechina. —Escuché el suspiro tembloroso de Santos; podía imaginar cómo el sudor le había perlado la frente.

—¿Qué quiere que haga?

—Debes informarte sobre el general Laseca. Está destinado en El Pardo. Busca una forma de que pueda entrar en contacto con él. Un teléfono, la dirección de su casa, el bar en el que desayuna o se toma el vermú, cualquier sitio donde encontrarlo me vale, ¿entendido?

—No será muy difícil. Es un hombre conocido.

—Te seguiré llamando ahí mismo de vez en cuando.

Iba a colgar cuando escuché a Santos susurrar:

—Espere. Sólo una cosa más. ¿Sabe por qué no me ha sorprendido lo de los hermanos del chalé?

Entonces lo vi claro. Lo comprendí con lucidez. Surgió nítida la idea, ocupando todo mi cerebro, como deben ocupar el de los místicos sus iluminaciones; y esta vez no era falta de sueño. Sabía lo que me iba a decir Santos y sabía que ahí podía estar nuestra salvación, al menos la de Lidia y Elvira.

—Te has dado cuenta de que te están siguiendo, ¿no es eso? —le pregunté.

—Esta mañana, al salir de casa. Ayer, se lo juro, tomé todas las medidas de seguridad, me quedé el último en una estación del metro, me detenía cada dos por tres en escaparates, nada, no vi a nadie. Evidentemente, consiguieron engañarme. Hoy le he localizado rápido. Llevo a un tipo de unos cuarenta años, delgado pero fuerte, pegado a mi culo.

—No es policía, ¿verdad?

—No parece; lleva la pistola en la cintura del pantalón, sin cueros. Y no es muy chulo.

—¿Dónde lo tienes ahora? Es imposible que te esté escuchando, ¿verdad?

—Imposible. Lo veo a través del escaparate del bar. Espera en un quiosco de periódicos, en la acera de enfrente.

—Bien. Que no te pierda.

—¿Cómo dice? —preguntó Santos sin dar crédito.

—Lo que has oído. Quiero que te acompañe allá donde vayas.

—¿No importa que se entere de lo que ando buscando?

—Al contrario. Que se entere. No te llamaré antes de diez horas. Esta tarde, a partir de las cinco, ¿entendido?

—A las cinco sabrá lo que haya que saber sobre ese general.

Colgué. Mientras hablaba, un churrero había entrado y dejado sobre el mostrador una docena de porras y otro par de ellas de churros. Volví a recordar a mi padre y sus amenazas. Ahora la vida de un churrero no me parecía mucho peor que la mía y sí mucho más larga. Me comí allí mismo dos porras y me llevé el resto para las mujeres. Si todo salía como lo había visto en mi iluminación, ellas tendrían una oportunidad. Era tan sencillo que casi daba risa. Aprovecharía que seguían a Santos para llevarles adonde yo quisiera.

19

No tuve que llamar con la señal convenida porque Lidia vigilaba la calle tras los visillos y salió a abrirme.

—¿Hay comida guardada? —pregunté.

—Latas y legumbres. Podríamos aguantar unos días y, por favor, no me digas que no vamos a necesitarlos.

—No es crueldad, Lidia. Dependemos de que no se nos olvide que pueden llegar en cualquier momento. Como llegaron a la colonia Iturbe. ¿Y tu madre?

—Se ha echado en una cama. Está agotada —dijo mientras cogía el junco de porras—. Tú también deberías dormir un rato.

—Claro —dije sentándome en un sofá desvencijado y que ni en sus mejores tiempos había sido cómodo—. Después del café.

—Lo prepararé —dijo Lidia mientras salía hacia la cocina.

Habían amueblado el piso franco con muebles viejos. Lo que fueran a tirar de sus propias casas los camaradas, supongo. Solamente la gran mesa, una tabla sobre dos borriquetas, parecía a medida: aprovechaba bien el espacio para hacer del comedor una sala de reuniones. Cuántas palabras alrededor de esa mesa y cuántas torturas y juicios y muertes sólo por proferir palabras. La Social le hubiera dado a cualquiera un buen dinero o algún empujoncito en su carrera laboral a cambio de esa dirección de Simancas. Lidia volvió con dos vasos de café solo. Se sentó en una silla con los codos sobre la mesa. Bebimos mirándonos a los ojos. Sin azúcar.

—¿Por qué estás en esto? —preguntó Lidia después de algunos segundos estudiándome.

—Me metiste tú, ¿te acuerdas?

Lidia no sonrió como yo esperaba, asintió pensativa. Podría decir que vi inocencia en sus ojos pero no sería toda la verdad. También, como sus amigos los hermanos Granda y como su madre, buscaba algo, pero no era justicia, ni venganza. Como a esas mujeres del Oriente que son educadas exclusivamente para satisfacer a los varones, a costa de reprimir sus emociones y sentimientos, a Lidia le habían robado la vida desde que la adoptaron. Y ahora quería ser, nada más que ser.

Dejé a un lado esas especulaciones. Aunque había recibido algo de alimento, mi mente seguía tendiendo a la divagación. La voz de Lidia me devolvió a la realidad.

—César y Adelaida creían en un mundo mejor. También mi madre cree. Los tres eligieron vivir para esos sueños y, si era necesario, morir por esos sueños. Tú no. Ni siquiera buscas dinero. César y Adelaida encontraron lo que en cierta manera querían.

—Eres muy fría hablando así —la interrumpí.

—Tal vez. Para mí es la verdad. No creo que realmente te moleste.

—No, claro que no. Estoy de acuerdo. Ya lo he pensado. Buscaban morir de pie.

Lidia asintió y continuó:

—También mi madre, si finalmente lo conseguimos, obtendrá esa justicia que lleva años esperando. Tampoco le importaría morir en el intento. Lo que no sé es por qué lo haces tú.

—No me contaste lo serio que se pondría el asunto.

—Déjate de bromas. Ahora mismo puedes coger la puerta y marcharte. Hasta me parecería sensato.

—Tienes razón, no creo en nada. Pero no puedo coger la puerta y largarme. Así de simple. No pienso en que me arrepentiría toda la vida ni nada de eso. Sencillamente no puedo dejar que os maten. Tal vez, a fuerza de no tener, no tengo ni instinto de supervivencia. ¿Por qué lo haces tú? También podrías marcharte.

—¿Y abandonar a mi madre?

—Intenta convencerla de que olvide y llévatela lejos.

—Ella no renunciará y, de todos modos, mi marido nos buscaría… me buscaría. Ni siquiera puedo sacar un pasaporte sin que se entere.

—Has repetido varias veces que te quiere. Te perdonaría.

—Mi suegro no y, de todos modos, prefiero morir a volver a esa vida que no he elegido. Como tú dices, sencillamente es así. ¿Te imaginas, aunque sea un momento, lo que es no haber decidido nunca nada, en toda tu vida, nada?

—Los hay que tomamos siempre decisiones erróneas —dije.

—Hubiera preferido equivocarme mil veces a vivir en mi palacio viendo pasar la vida a través de los cristales. Me eligieron y me moldearon a su gusto. ¿Te has parado a pensar lo que es eso?

—Creo que no.

—Nadie lo ha pensado nunca. Es inimaginable en estos tiempos, ¿verdad? No he decidido a qué me dedicaba en la vida, no he decidido si casarme o no... ¡no he elegido ni siquiera a mi marido!

Tenía razón: no había pensado nunca en una situación como la suya. Ni siquiera después de conocer a Lidia y saber cómo había transcurrido su vida. Es difícil hacerte una idea de lo que significa no tener capacidad de elección. El resto de las personas hemos tomado unas cuantas decisiones a lo largo de nuestras vidas. Buenas o malas. Pero no Lidia. Ya sé que hay filósofos que piensan que todo nos viene dado, que parece que tenemos algún control sobre nuestras vidas cuando en realidad lo que hacemos es comportarnos de acuerdo con unas pautas que nos han sido impuestas por la educación, la autoridad, la religión, la sociedad, el poder... Probablemente es verdad. Pero cada uno, individualmente, sigue teniendo la percepción de que elige. Lidia no. No le habían dejado ni la ilusión. Un buen día la encerraron en su palacio dorado y dejó de ser una persona que imagina que decide.

—No me he enamorado jamás.

Tal vez había recibido amor pero jamás lo había dado. También eso la hacía diferente. Incluso para los más desgraciados la ecuación suele ser la contraria: dar amor sin recibirlo.

—Ni creo que ya pueda hacerlo —continuó.

—¿Por qué no? Te enamorarás. Vivirás. No te han amputado ninguna glándula.

—No siento nada.

—¿Qué pensarías si yo te dijera que me he quedado a luchar contra los Martí sólo por ti?

Me miró sin sonreír; no sabía que debía sonreír en estos casos.

—No me lo creería —respondió.

—Es la verdad. Tal vez si fueras una mujer normal no te lo diría. Algún día me creerás.

—¿Cuándo?

—El día que me quieras.

Una lágrima, sólo una, corrió por su mejilla izquierda. Dejó el vaso sobre la mesa, se levantó y vino a sentarse a mi lado; puso la cabeza en mi pecho. Le pasé un brazo por los hombros. Me quedé dormido sin pensar en nada.

20

Lo primero que hice al despertar fue mirar el reloj. Eran las tres de la tarde. Había dormido unas siete horas tumbado en el sofá; en algún momento Lidia o Elvira me habían tapado con una manta muy ligera. Tenía frío y olía a comida, justo lo que yo había conocido siempre como hogar. Faltaban unas dos horas para que pudiera llamar a Santos y que los acontecimientos echaran a correr. Cabía la esperanza de poder mantenerlos bajo control y que no se me escaparan. Pero era sólo eso, una esperanza. Tendría que conseguir que el general Laseca me creyera y se pusiera de mi lado. Si conseguía al general, Julián Martí podía ir despidiéndose del mundo. Hasta ahí ya dije que me parecía fácil. Que las dos mujeres quedaran al margen resultaría un poco más complicado, sobre todo porque requeriría que acabáramos también con León Martí. Mucho más difícil de cazar el lobo viejo.

Corrí las cortinas unos centímetros para ver a la luz del día adónde habíamos ido a parar. Edificios de ladrillo rojo construidos sobre lodo. El yugo y las flechas de la Obra Sindical del Hogar en placas metálicas clavadas en cada portal y cada esquina, el símbolo que demostraba el esfuerzo y el orgullo del régimen por la conquista de aquellos nuevos territorios que comenzaban a albergar a los hombres y las mujeres que iban a necesitar las factorías del desarrollo. Sábanas blancas tendidas en cada balcón y grupos de muchachos desarrapados y sin obligaciones hasta que se construyeran escuelas que, según lo previsto, deberían sacarlos del analfabetismo ancestral de sus familias. Estábamos en el centro de las promesas de progreso del régimen. Para los sesenta, decían los periódicos, España comenzaría su andadura como país industrial y todas aquellas masas excedentes del campo, apiñadas en torno a su caudillo, harían posible el milagro. Nuevas promesas, nuevas mentiras, la misma carne de cañón. Y gente como los Martí zigzagueando para mantenerse siempre por encima, alimentándose de las increíblemente siempre renovadas esperanzas.

Enseguida entraron Elvira y Lidia con platos, cubiertos y una cazuela. Mientras comíamos comencé a ejecutar mi plan. El primer golpe de suerte me animó. Sí, en el piso franco había una máquina de escribir. La había encontrado Elvira escondida en un falso fondo de armario junto a una imprentilla de juguete. Ambos aparatos servían para producir los pasquines que luego la gente del piso repartiría de madrugada a la entrada de las fábricas o en las paradas del tranvía cuando las masas regresaban a casa después de la jornada. Cuánto miedo habrían visto aquellas paredes. Ni la derrota, ni la represión tras la derrota, ni la eficacia y brutalidad de la Social conseguían desanimarles. Y se jugaban la libertad y a veces la vida no ya para hacer una revolución como en el treinta y seis sino para dar pequeños, imperceptibles pasitos. Cinco años de cárcel tras cinco días de tortura por entregar un pasquín que quizá ni fuera leído. Existía gente así. Elvira, para no ir más lejos.

—Elvira, por favor, saca la carta del hijo del general y haced dos copias de ella a máquina.

—¿Vamos a hacerlo hoy? —preguntó Elvira.

—No lo sé. Primero tengo que localizar al general Laseca y encontrar la forma de que me escuche.

—¿Estará dispuesto a arriesgar sus privilegios por algo que pasó hace tantos años? —preguntó Lidia.

—Ya atentó contra Julián una vez. Espero que sus privilegios, en alguna medida, estén amenazados por la propia existencia de los Martí y que se sume con entusiasmo.

—Lo que hace falta es que crea en las pruebas que vas a enseñarle, ¿no es eso?

Asentí. Y que me crea bien rápido y que el dios de los generales esté de nuestra parte, añadí para mis adentros.

—Voy a llamar por teléfono. Poneos con las copias. Si me dan buenas noticias las necesitaré en cuanto regrese. Ah, una de las copias os la quedaréis vosotras para dársela a un hombre que vendrá a buscarla. Lidia: en el sobre pones las señas de tu casa, las de Julián Martí, vamos.

Cuando iba a salir, me alcanzó Elvira y me habló en un susurro:

—Te dije que el Partido no quería participar en esto pero que podía intentar pedírselo a algunos camaradas a título individual.

—Sí.

—Sé que habría unos cuantos dispuestos.

—Gracias, pero no me harán falta.

—Como quieras —dijo Elvira asintiendo.

Caminé hasta el bar del teléfono. A la puerta estaba aparcada una Lambretta 125 negra con el faro y los reposapiés cromados. Hacía menos de dos años que esa *scooter* había salido al mercado y ya se veían muchas zigzagueando por las calles de Madrid. En los días de aburrimiento y espera en mi despacho de la Gran Vía había fantaseado con comprarme una en cuanto empezara a ganar dinero; la consideraba una herramienta muy útil para los seguimientos a que se veía obligado un investigador privado; infinitamente mejor que un coche y, ahora que abundaban, igual de discreta.

Entré al bar y pedí una ficha. El camarero soplón de la mañana había sido sustituido por una copia más joven, menos guarro y con largas patillas de banderillero; en el brazo izquierdo llevaba tatuado en colores el escudo de la Legión, en el derecho un retrato azul de Franco con el gorro cuartelero. Ahora sí me quedó claro que la policía no quería que el barrio se les escapara de las manos; sin duda, el dinero que padre e hijo habían obtenido para montar la taberna provenía de la delación. Y continuarían mientras el negocio siguiera dando.

—No te molestes en quedarte con mi cara —le dije—, porque ya aparezco en el informe de tu padre de esta mañana. Yo mismo le he ayudado a redactarlo.

El legionario me miró como si me perdonara la vida pero ni respondió ni trató de arrimarse para ver si pillaba trozos de mi conversación.

—Pásame a Santos —dije cuando Santiago descolgó el teléfono.

—Tengo al general. Desayuna siempre en el mismo bar de la calle Ayala…

—Entonces tendremos que esperar hasta mañana —interrumpí un poco decepcionado.

—No, espere. He pegado la hebra con el limpia y me ha contado, tras el abono de los dos duros correspondientes, que el general toma todas las tardes un cóctel muy cerca de allí, en el Balmoral, ya sabe, la coctelería de la calle Hermosilla. El general vive al lado, en Castellana.

—Bien, Santos. Te has ganado otras cincuenta, además de reponerte el unte al limpia, claro. ¿Lleva escolta?

—Que yo haya visto, uno. Grande y armado. No se sientan juntos. Como si no se conocieran.

—Todavía te siguen, ¿verdad?

—Claro. No sé si me habrán relacionado con el general pero yo he hablado con el limpia en voz alta, para que se enteraran bien.

—Perfecto. Toma nota, Santos, que te voy a dar instrucciones. Nos vamos a encontrar a las… ¿A qué hora toma su cóctel el general?

—Entre siete y ocho. Como un clavo.

—Pues nosotros, como clavos también, a las seis y media en Goya con Alcalá, en La Cruz Blanca. Nos encontramos, nos saludamos y tú me das un folio, cualquier folio.

—¿En blanco?

—Sí, en blanco, como quieras. El caso es que al tipo que te sigue no le quepa duda de que a partir de ese momento debe seguirme a mí, que al fin y al cabo es a quien están buscando, y que crea además que me has pasado las pruebas. En cuanto hayamos hecho esa pantomima tú te acercas todo lo deprisa que puedas a la calle de Ribadesella…

—Perdone, me da vergüenza reconocerlo pero… no sé dónde está esa calle.

—Simancas, un barrio nuevo al final de la línea del 70. Allí te van a dar un sobre que tienes que llevar inmediatamente, pero inmediatamente, en mano, a casa de Julián Martí. Con el sobre te darán las señas. Cuando lo entregues te vuelves a casa.

—¿Y cómo se pone usted en contacto conmigo?

—Si todo va como espero, no tendré tiempo de contactar. Va a ir muy rápido, Santos. Y te voy a pedir otro favor que quizá, en su momento, no esté exento de riesgo.

—Dígame.

—Si no he llamado pasado mañana a Casa Santiago, vuelve a Simancas y le dices a quien encuentres en el piso que ya no regresaré y que deben salir del país. Lidia tiene dinero, ayúdales a conseguir unos pasaportes.

—Mucha suerte.

Colgué. Si el general Laseca estaba por la labor esa misma noche, mañana a más tardar, todo habría terminado. Para bien o para mal. Lidia y Elvira habrían obtenido su justicia ansiada o deberían marcharse para siempre del país; si podían. Y yo… Mejor no pensar.

Regresé al piso franco.

Me abrieron tras repetir dos veces el golpeteo rítmico de la señal. Las copias de la carta estaban listas. A Elvira le costó desprenderse del original de la carta pero finalmente consintió en dármelo. Lo guardé en el bolsillo trasero del pantalón. La copia de la carta y la fotografía las lleva-

234

ría en mi billetera, que era lo único que pensaba enseñar. Me acomodé la Star de Beltrán en la cintura, a la espalda. Y les mentí, claro; les dije que sólo iba a ponerme en contacto con el general y que, si él accedía, trazaríamos juntos un plan que después les transmitiría a ellas. Si hubieran sospechado que pensaba resolverlo todo de una tacada, no me habrían permitido ir… solo. Hubieran querido participar en la acción, arriesgarse aunque no fuera necesario. Por solidaridad. No entiendo por qué le resultaba a Lidia tan difícil de entender mi actitud, mi incapacidad para desentenderme y dejarlas abandonadas a su suerte: ellas hubieran hecho lo mismo por mí. Pero era absurdo arriesgar las tres vidas cuando podría ser suficiente con poner sólo una sobre el tapete. En aquel piso estaban relativamente seguras; si las cosas salían mal, Santos les diría que se fueran y, con el dinero de Lidia, les conseguiría pasaportes. Yo no podía hacer más. También había pensado en otra posibilidad: si Santos, por cualquier razón, no podía avisarles todavía tendrían una oportunidad: Elvira había puesto en antecedentes de lo que nos proponíamos hacer a los que habían montado aquel piso franco, el PCE. Aunque le habían dicho que no podían ayudarnos, en cuanto se enteraran de que se había producido un enfrentamiento entre dos familias franquistas rivales o de que se había perpetrado un atentado terrorista contra los Martí, fuera cual fuese la forma en que lo presentaran los periódicos, irían a decírselo a Elvira. Y podrían ayudarles a llegar a Francia. Desde mi paso por la policía sabía que el tráfico de militantes y material propagandístico a través de los Pirineos era cotidiano.

Las paredes del piso eran de ladrillo visto como las fachadas, no había cuadros, ni siquiera había una mesa camilla con un brasero entre sus patas, pero al mirar a las dos mujeres que, bajo la luz amarillenta de las bombillas de escasa potencia, me sonreían a modo de despedida tuve la visión de que otra vida hubiera sido posible. Siempre a tu lado, en paralelo a la tuya, corren muchas otras vidas posibles. Y cada día alguna de ellas se cansa y se deja caer. Cada día, a cada paso dejas alguna vida que ya no vivirás.

Lidia me besó en las mejillas. En aquel momento todas las precauciones que había tomado por ellas me parecieron pocas y, sin pensar, pregunté:

—¿Tenéis dinero?

Se miraron.

—Mucho dinero quiero decir. Como para comprar pasaportes.

—No sé cuánto cuestan los pasaportes pero sí, supongo que tengo suficiente —dijo Lidia.

Me marchaba más tranquilo aunque noté que una alarma se había encendido en sus cerebros. Sólo tenía que salir de allí antes de que aprendieran a interpretar el significado de esa alarma: cabía la posibilidad de que yo no volviera, eso es lo que quería decir.

—¿Cómo se llamaba el hijo del general? —pregunté al darme cuenta de que lo necesitaría.

—Valentín —contestó Elvira.

Salí prácticamente corriendo de la casa.

Caminé de nuevo hasta el bar del teléfono. La Lambretta continuaba aparcada en la puerta. Saqué el llavero y de él la ganzúa. Abrí el candado más rápido que con la propia llave, empujé la *scooter* en punto muerto unos cuantos metros y luego la arranqué sin detenerme. Cuando escuché al *lejía* gritar «al ladrón» prácticamente ya estaba llegando a un cermeño de piedra con una cruz esculpida en memoria de los caídos por Dios y por la patria, es decir, justo donde debía girar a la izquierda para coger la carretera de Aragón. Es decir, el dueño de la moto dejó de verme antes de que yo dejara de escucharle.

21

—¡Valentín, quiero hablar de Valentín! —le susurré con firmeza al general Laseca—. Dígale a su soldadito que se quede donde está, que no se entrometa.

Comprobé con alivio que el general hacía una seña y el gorila volvía a acodarse en la barra del Balmoral aunque sin quitarnos los ojos de encima, claro. Tal y como había previsto, el guardaespaldas había agudizado su gesto lobuno en el momento en que me había acercado al general y estaba dispuesto a saltar sobre mí. Ningún gorila puede quedarse quieto cuando a su jefe se le acerca un tipo con la pinta que yo llevaba. Sin afeitar en tres días, sin cambiar de ropa y calado hasta los huesos porque había empezado a lloviznar mientras me acercaba al Balmoral en la Lambretta. Pero yo sabía que con sólo pronunciar el nombre de su hijo el general querría escucharme. Al menos durante unos minutos. Hasta que decidiera qué hacer conmigo y con la información que le iba a transmitir.

Apaciguado el gorila, el general y yo nos sentamos en los bonitos y cómodos sillones de cuero que rodeaban una mesita baja. También en la barra pero alejado del guardaespaldas del general, junto a la cabina del teléfono, se tomaba una cerveza el hombre que había estado siguiendo a Santos y que ahora, después del cambalache que hicimos en Goya, me seguía a mí. Todo había salido a pedir de boca. Santos me dio el folio en blanco y el tipo cambió de objetivo, como yo había previsto. Por eso Santos iría a buscar copia de la carta a Simancas para no confundir a ese hombre. Sólo vería pasar un documento de las manos de Santos a las mías. Ya digo que salió bien. Confiaba en que siguiera comportándose al menos con la misma inteligencia y que avisara de inmediato a su jefe, Julián Martí, de que el tipo al que estaba buscando, o sea yo, había establecido contacto con el general y le había enseñado una foto y otro documento. Tal vez para eso, para avisar rápidamente, se había colocado lo más cerca posible del teléfono. Cuando Julián leyera la carta que le iba a llevar Santos sólo tendría que atar un sencillo cabo para comprender que el general y yo nos estábamos poniendo de acuerdo para ir a por él.

Mi plan se fundaba en que se pusiera nervioso y actuara de inmediato, sin consultar con don León. Y que llevara además a poca gente con él. Era lo lógico, lo que cualquiera hubiera hecho. Por un lado debía actuar rápidamente para que el general y yo no nos separáramos, para pillarnos juntos. Por otro lado, cuantas menos personas se enteraran del motivo por el que había que acabar con el general y conmigo mejor; Julián no podía permitir que sus hombres supieran que había sido comunista durante la guerra: su autoridad se vendría abajo y, además, con seguridad, alguno de ellos vendería el secreto al mejor postor:

a los falangistas, a la gente del Opus, al propio Franco. No, las relaciones entre la familia Martí y el régimen no podían ponerse en peligro en aquellos momentos de transición tan delicados. Además, matar a un general no resultaría impune ni para los Martí. Julián vendría a por el general y a por mí deprisa y en silencio, clandestinamente, con tan sólo uno o dos hombres de absoluta confianza y bien pagados. El plan era bueno, sólo necesitaba que al general también se lo pareciera.

—Hacía muchos años que nadie pronunciaba el nombre de mi hijo en mi presencia —dijo el general.

Miré la hora. Las siete y diez. Santos ya habría entregado la carta en casa de Julián Martí. La función podía comenzar.

—Su hijo no desapareció en la guerra, general.

No era un hombre alto pero se sentaba erguido, con porte muy militar. Tenía los ojos pequeños y astutos y la piel verdosa. Debía andar por los sesenta años pero se conservaba fuerte. La verdad es que recordaba un poco a un sapo: ancho, de piernas gruesas y potentes, casi sin barbilla. En conjunto daba una impresión de crueldad y determinación. Laseca consigue lo que se propone, dirían de él por los pasillos de El Pardo. Sin embargo, pareció mermar unos centímetros al escucharme. Noté también que contuvo un gesto de mando, como si su primera reacción a las contrariedades fuera dar alguna orden. Rápido. Radical. También notó ese amago de gesto su guardaespaldas, que se tensó y se separó de la barra para dejar espacio a su mano derecha, lista para desenfundar o saludar.

—¿Qué sabe usted de mi hijo? Si viene con algún tipo

de solicitud de carácter económico, le mataré. No, no ha entendido usted mal: le mataré.

Iba a hablar pero levantó una mano para ordenar que callara; le obedecí.

—Hace ya unos años, un hombre de la edad de Valentín vino a contarme que había estado encarcelado con él, en una checa. Descubrimos que era mentira. Está en la cárcel por estafador. Pero juré que si alguien volvía a utilizar mi dolor le mataría. Piénseselo bien.

No había previsto aquella posibilidad. Un error, porque se daban muchos timos con mentiras parecidas. En lugar de defenderme hablando, saqué mi billetera del bolsillo y de la billetera la foto. Con ostentación. Quería que el hombre de los Martí no perdiera detalle. Dejé la fotografía sobre la mesa, frente al general.

—¿Reconoce al hombre?

—Un comisario político rojo o algo así. De la guerra.

—Fíjese bien. Coja la foto si quiere.

El general la cogió y estiró su brazo para mirarla de lejos. Era el momento. Si había calculado bien, el hombre de los Martí sabría ya de qué estábamos hablando y llamaría a su jefe. Así fue. Se metió en la cabina.

—No es posible —dijo el general Laseca sin alzar la voz.

—Se lo aseguro.

—Es un truco. He visto hacer cosas con las fotografías que parecían del diablo.

Seguramente no quería decir que él mismo había hecho diabluras con fotografías en los laboratorios de la Tercera Sección de Información del Alto Estado Mayor para la que actuaba como enlace con El Pardo.

—Es real, créame. Tengo un testigo.

—De todos modos, ¿adónde quiere ir a parar?

—Ese hombre, al que usted ya ha reconocido, mató a su hijo, sin juicio.

La copa con la que jugueteaba para contener sus nervios se quebró sin ruido, apenas un chasquido. La sangre brotó del pulpejo de su mano derecha. No se miró y también dejó de mirar la foto. Se concentró en la nada.

—¿Sabe que podría detenerle por falso testimonio? —preguntó sin mirarme.

—Lo sé. —Estaba probándome.

—¿Por qué se arriesga a venirme con esa monserga? ¿Para quién trabaja? ¿Los falangistas o el Opus?

No tenía noticia de que el enfrentamiento entre las diversas familias franquistas fuera tan despiadado. Cuando un general destinado en los servicios de inteligencia a quien le ofrecía la posibilidad de esclarecer la desaparición de su hijo en la guerra lo primero que pensaba es que trabajaba para una facción rival, significaba que no quedaba entre ellas ningún lazo, ninguna creencia común. Estaban luchando por su parte de la tarta, sí, como había sido desde el principio, pero ahora se comportaban como si ya no existiera ninguna base ideológica común, les faltaba incluso la amalgama que les proporcionaba las creencias o la fidelidad al Caudillo; se comportaban como decía el NO-DO que lo hacían las familias del crimen organizado en Estados Unidos.

—En realidad, trabajo para una mujer que ha pasado en la cárcel sus últimos diecisiete años, para esa mujer que aparece en la fotografía. Ella es la testigo.

Saqué la copia de la carta de Valentín de la billetera que había dejado sobre la mesa y la deslicé para que pudiera alcanzarla.

—Lea esto —dije—; la mujer tiene el original, del puño y letra de Valentín. La ha conservado durante todos estos años.

—Por amor a mi hijo, ¿no? Deje de burlarse.

—Por odio a los Martí.

—Ella no tiene mucho que perder, supongo, pero ¿y usted? ¿Sabe que los Martí tienen línea directa con el Caudillo?

—Por eso no hemos acudido a los tribunales. Si hay alguien que pueda hacer justicia es usted.

—¿Están ellos al tanto de todo esto?

—El tipo de la cabina es un hombre de Martí.

El general no desvió su mirada ni por un momento. Era un profesional. Se concentró en la lectura de la carta de su hijo. Observé cómo se acumulaba la tensión en sus hombros, cómo las venas del cuello y de su frente parecían ir a reventar, cómo las manos apretaron el folio hasta que los nudillos se le pusieron blancos. El texto no tenía nada de especial, una carta de despedida. Manchó la copia de sangre.

—¿Por qué su testigo traiciona ahora a su compañero?

Tuve que contarle la denuncia de Elvira ante el gobierno republicano, la huida a Valencia de Julián Martí en los últimos días de la guerra, el asesinato o encarcelamiento de todos los que sabían que un hijo de don León había sido comunista, la estrategia de don León de colocar a un hijo en cada bando y de mantener él mismo un pie en cada España.

—Hijo de puta, traidor —musitó el general al enterarse del doblez de su enemigo—, ni siquiera se la jugó como los demás.

—No es de mucho arriesgar don León, no.

Tardé un buen rato en desmenuzar toda la historia. Mejor. Julián ya se habría puesto en movimiento y le daría tiempo a llegar.

—Todavía no ha contestado a mi pregunta. ¿Qué gana usted con esto?

También me demoré en esa parte del cuento. Mi pasado como policía, mi contratación para encontrar a Elvira, la muerte de las mendigas, la de Hortensia y los hermanos Granda. El general estaba al tanto.

—¿Fueron ustedes quienes mataron al policía, Beltrán creo que se llamaba?

Ahí sí me la jugaba. Si finalmente el general no se ponía de nuestra parte, si no quería actuar sin su familia política, su fracción del ejército, o simplemente ésta no se lo autorizaba, yo habría confesado el asesinato de un policía. Nadie dudaría del general. Garrote y además tras un juicio sin demoras. Sin embargo, si se lo confesaba, al general le sería más fácil confiar en mí.

—Tres tiros en la cara. Trabajaba para los Martí. Me he puesto en sus manos, general.

—No podré utilizar muchos soldados en esto. Tendremos que hacerlo… los tres —dijo mirando al gorila de la barra—. Y uno o dos más.

—Tengo pensado cómo. Tiene que llamar usted ahora mismo para que acudan esos dos hombres y…

—¿Sólo Julián? —me interrumpió.

—No puedo aspirar a más —contesté; en cierto modo, me esperaba lo que el general dijo a continuación:

—Quiero a su padre también.

El general era un hombre práctico. Vengaría a su hijo y, al tiempo, borraría del mapa a sus enemigos. Pero nos dejaba con muchísimas menos posibilidades de victoria.

—Yo había pensado… terminar con el hijo y después denunciar a don León por lo penal y políticamente. Con usted detrás la acusación se sostendría.

—No conoce a León. Si acabamos con su hijo, él sí tirará a matar. Tenemos que terminar con los dos al mismo tiempo. De otro modo, estamos muertos, usted y yo.

—¿Cómo lo hacemos? Julián ya tiene una copia de la carta de Valentín. Yo mismo se la he enviado. Ese hombre de la barra acaba de llamarle para decirle que usted y yo estamos aquí y presumiblemente nos estamos poniendo de acuerdo. Julián caerá sobre nosotros en cualquier momento.

—No estaba mal pensado, muchacho. Pero yo lo haré mejor.

De repente todo él se había animado, hasta su piel había perdido el color verdoso. La acción funcionaba en él como un reconstituyente. Se levantó, llegó a la barra y se acodó en ella como si fuera a pedir una consumición. Justo al lado de su hombre. Regresó junto a mí con una copa.

—Lo primero cubrir nuestra retaguardia —dijo.

Antes de que yo me diera cuenta, su soldado estaba detrás del hombre de Julián y ambos caminaban, muy juntos, hacia la salida.

—Ahora —dijo el general poniéndose en pie— sólo tenemos que esperar a Julián. Venga conmigo.

Le seguí hasta la salida. Diluviaba. Esperamos en el umbral del Balmoral hasta que su hombre regresó. Venía limpiándose las manos con un pañuelo.

—José, ábrenos el coche. —Y dirigiéndose a mí—: Esperaremos dentro.

El asunto se me había escapado de las manos. Me maldije por no haber previsto que sería imposible negociar con un general. Con dos frases, me había convertido en uno de sus subordinados. Entramos en la parte trasera de un Mercedes negro, grande, con las banderas de general en las aletas delanteras. José, el ayudante del general, su chófer, su asesino, lo que fuera, no subió al puesto de conductor, como yo había imaginado. Le vi caminar unos cincuenta metros y agacharse para hablar por la ventanilla de otro coche. Después volvió y, ahora sí, ocupó su sitio.

—Listos, mi general.

—¿Listos para qué? —pregunté yo.

—¿No quería usted a Julián Martí? Muy pronto estará hablando con él.

Esperamos como un cuarto de hora. El general habló de revoluciones traicionadas, de la pérdida de los ideales, de su sustitución por el dinero que, como si se tratara de una adicción, había ido atrapando a todos aquellos jóvenes heroicos que expulsaron al marxismo de España.

—No es tanto el dinero, general, es la forma que tienen ustedes de acapararlo.

—Con eso me da la razón. ¿Para qué queremos tanto? Nosotros somos partidarios de redistribuirlo. Son gente como los Martí los que, con su avaricia, nos ponen en peligro a todos.

No quise contradecirle, pero yo había escuchado a don León Martí el mismo discurso hacía ya un lustro. Siempre eran culpables los demás.

—Sé lo que está usted pensando: los militares, con las armas, defendimos y defendemos a los Martí, ¿no es eso?

No respondí, la verdad es que no sabía qué decir.

—Se equivoca. Es verdad que durante la guerra y algún tiempo después creímos ingenuamente que el Movimiento tenía un alma. Después, cuando al alma la sustituyó el dinero, la mayoría de los militares sólo seguimos en esto por el Caudillo. Y esperamos el momento de ajustar cuentas con los adoradores del becerro de oro.

No continuó porque José, desde el asiento de delante, le hizo una seña. El general esperó, con la vista fija al frente, a que un coche americano, parecía un Lincoln, aunque con la densa lluvia no hubiera podido asegurarlo, pasara a nuestro lado y se detuviera en la misma puerta del Balmoral. Se apeó primero un hombre ancho y, a pesar de la que estaba cayendo, con el abrigo desabrochado; sin duda un guardaespaldas listo para echar mano a su pistola. Después el propio Julián Martí salió del coche.

—Parece que venía dispuesto a hablar —dijo el general.

—No, general, ha venido para enterarse de cuánto sabemos nosotros sobre él y para recuperar las fotos. No sé si conoce la existencia de la carta de Valentín. Nos la hubiera jugado al salir. Yo tenía la esperanza de avisarle a usted para que organizara la contraemboscada.

—Tiene razón, mi general: nos la hubiera jugado después, señor —dijo José sin dejar de mirar por el retrovisor—. Está colocando gente en las esquinas.

—Ya me lo imagino —dijo el general.

Me giré para ver exactamente de qué hablaban. En la siguiente manzana de la calle Hermosilla se habían apostado dos hombres, descubiertos bajo la lluvia. Y otros dos caminaban hacia otra manzana más arriba. Dos líneas de fuego. Nos hubieran dejado salir del Balmoral con la intención de acribillarnos en cuanto nos hubiéramos alejado de las luces del bar. Sin embargo, precisamente por esa lejanía, no tuvieron tiempo de acudir a auxiliar a Julián, a quien en ese momento dos hombres jóvenes y armados con subfusiles estaban agarrando por los brazos. El guardaespaldas de la gabardina abierta yacía en el suelo. No supe cómo lo habían hecho. Comandos bien entrenados. Y un Julián desprevenido porque pensaba que la violencia vendría al salir. Entre los dos militares se llevaron a Julián al coche al que antes se había acercado José. El Mercedes arrancó todo lo deprisa que era posible. Tras nosotros vinieron dos faros. Cuando nos alcanzaron pude ver que era un 1500 negro con una raya horizontal roja a lo largo de los costados, es decir, camuflado como un taxi. Seguridad del general. Llevaban a Julián dentro. Salimos a la Castellana y giramos a la derecha, hacia el norte. Y no volvimos a girar aunque dejamos atrás la ciudad. Al frente, montañas nevadas.

—¿Adónde vamos? —pregunté tratando de ocultar la inquietud que sentía.

—Disfrute de la excursión, señor… Ahora que caigo, es curioso, me ha contado usted su vida y pecados y todavía no me ha dicho su nombre.

Yo sí había caído antes en la omisión. Y la verdad es

que esperaba no tener que dárselo. Lo que había planeado no tenía nada que ver con lo que estaba sucediendo. Yo había previsto que el general y sus hombres se encargaran de Julián sin la necesidad de mi presencia. Imaginé que se lo llevarían a algún cuartel o a alguna celda y… Cómo lo hicieran no me interesaba. Ahora, por la dirección que tomábamos y por el interés que tenía el general en León Martí, el asunto se iba a alargar un poco más. Y yo iba a ser cómplice y testigo. Un cómplice y un testigo incómodo, a juzgar por mi amistad con Elvira. El general pensaba que yo era comunista. Si realmente me obligaban a presenciar el enfrentamiento entre el general y León Martí, no me dejarían salir con vida. No, general, no me gustaría darle mi nombre pero…

—Perea, Héctor Perea —dije.

—Encantado —dijo el general.

Nos estrechamos las manos. El hombre casi parecía contento. Los dos coches, el Mercedes y el 1500, viajábamos muy juntos, casi parachoques con parachoques y a más de cien kilómetros por hora. Llegábamos a las curvas antes que las luces. Don León Martí iba a tener que buscarnos lejos, muy lejos. El general no quería publicidad.

A la altura del puerto de La Cabrera escuchamos una voz por la radio:

—General, tengo la impresión de que nos vienen siguiendo.

—José, diles que iremos lentos para que les pasen a ellos y que queden entre dos fuegos. Si vemos algo sospechoso les paramos.

José transmitió la orden por radio y levantó el pie del

acelerador. El general y yo nos giramos al unísono. Los faros de otro coche se acercaban.

—No pueden ser los Martí. En Madrid nadie salió tras nosotros, ¿verdad?

—No vi a nadie, general —contestó José.

—¿Hay alguien más enterado de lo que usted pensaba hacer? —me preguntó el general.

—Nadie —respondí con seguridad. Y era casi verdad. Lidia y Elvira no contaban, no podían hacer nada. Aunque se me pasó por la cabeza que el coche que nos seguía podía ser el de Lidia. Empecé a temblar mientras el coche perseguidor se nos acercaba. Luego adelantó a nuestro 1500, al taxi. Ya estaba entre dos fuegos.

—Es la Guardia Civil, mi general.

El general, José y yo reímos: efectivamente, era un Land Rover de la Guardia Civil.

—José, dile a los chicos que seguimos.

José lo dijo por la radio y aceleramos hasta los ciento veinte. El coche crujía con cada bache de una forma alarmante, como si pudiera partirse en cualquier momento. Un nuevo dato sobre las brechas de España: podían comprarse coches muy potentes y caros mientras que las carreteras habían evolucionado poco desde las calzadas romanas y, en cuanto te salías de la red nacional, habían incluso involucionado. Lo dijo el general, no yo. Y añadió:

—Los Martí y gente como los Martí afirman estar reconstruyendo España. Pero sólo porque el Generalísimo les permite el fraude. Utilizan materiales de menor calidad que los presupuestados y se embolsan el resto. Es rentable

reconstruir. Engañan a Su Excelencia. Eso jamás lo hubiéramos hecho los militares.

Un poco antes del cruce de San Agustín de Guadalix
un hombre que andaba por la cuneta se detuvo para vernos pasar y, cuando distinguió las rígidas banderas del general en el Mercedes, se llevó la mano a la boina a modo
de saludo. Llevaba un brazalete de peón caminero y una
linterna de aceite apagada. Me sorprendió porque la última caseta de peones la habíamos dejado cinco kilómetros
atrás. Muy tarde para estar trabajando y muy lejos para
pasear. Ni el general ni José comentaron nada.

Al llegar al cruce, sin que hicieran falta órdenes del general, habíamos girado a la izquierda y, aunque la carretera que partía de la Nacional I tenía el firme en un estado
de mayor deterioro si cabe, los coches no disminuyeron la
velocidad hasta llegar a las afueras de San Ildefonso, cerca
de Segovia. No nos cruzamos con ningún otro auto por el
camino pero sí vimos un par más de peones camineros.
Todos con su linterna, todos saludando educadamente.
Me extrañó que ni José ni el general comentaran nada
cuando era un tópico que a los peones sólo se les veía en
los días de buen sol y siempre almorzando a la sombra
de las alamedas.

22

—Siéntese donde quiera, señor Perea —dijo el general—. ¿Quiere un güisqui o un coñac, algo?

Hubiera dado un brazo por no haber dejado de beber.

—No, gracias. Un café si acaso.

—Ahora se lo prepara José. —Y a José—: Comprueba todas las contraventanas, dile a los sargentos que me traigan al prisionero y prepara después un café para nuestro invitado.

El general Laseca se comportaba como un anfitrión porque aquel caserón aislado y tan bien conservado era suyo. Por fuera era un viejo palacete sin duda construido por un noble hacía más de dos siglos. Por dentro disponía de todas las comodidades de una vivienda del siglo XX. Hasta tenía en un rincón, sobre una mesa negra de madera tallada, lo que supuse era un receptor de televisión. Nunca había visto uno excepto en una película americana. Decían que tendríamos televisión en España a finales de año a más tardar. Debí quedarme embobado porque el general se acercó a mí con una copa en la mano y dijo:

—Sabe lo que es, ¿no?

—¿Televisión?

El general asintió con amplios movimientos de cabeza, ufano. Era güisqui lo que bebía. Se me hizo la boca agua. La tenía seca, estropajosa.

—Sí, señor, televisión. Son cojonudos estos americanos. Por eso ganaron la guerra. Me invitaron como observador a unas maniobras, un despliegue táctico en caso de ataque nuclear. En Washington. Y me regalaron el aparato. Ya salen de vez en cuando imágenes, pero son sólo ensayos. ¿Sabe usted que es muy probable que tengamos pronto una bomba nuclear en España?

Como el general esperaba que me asombrara, hice un esfuerzo por parecer asombrado:

—¿De veras?

—Si les permitimos construir unas cuantas bases en nuestro territorio sí —me contó satisfecho—. Y cuando tengamos las bases y la bomba, que vengan los comunistas, que vengan.

Mazmorras medievales y la bomba atómica. Todo valía.

Entraron los dos sargentos con Julián Martí esposado y con la cabeza cubierta por una capucha. Una precaución superflua, pensé.

—Quitadle la capucha —ordenó el general—, que pueda yo saludar al hijo de mi buen amigo.

Los sargentos obedecieron. Julián escupió los pelillos de felpa que se le habían metido en la boca. Tenía los ojos enrojecidos y su gesto era tan tenso que los labios apenas eran dos líneas, como un círculo trazado a lápiz para llamar la atención sobre sus dientes. Feroces.

—Ahora sí que no tienes solución, Laseca. Mi padre te dio una oportunidad y la desaprovechaste. Se te acabó la suerte.

—Cualquiera lo diría —observó el general sin perder la sonrisa—. ¿Son unas esposas eso que llevas en ambas muñecas?

—Hijo de puta. Mi padre se enterará de dónde estoy. Muy pronto. ¿Te suena Félix Campano?

Para mi sorpresa el general dejó de sonreír. Era el turno de Julián.

—Sí, Campano, tu ayuda de campo. Está en nómina desde… déjame que haga cálculos… sí, exactamente desde que intentaste matarme cuando de El Pardo salió la orden de adjudicarnos a mi padre y a mí los contratos con la Obra Sindical del Hogar para aquellos… ¿eran veinte mil? En todo caso, miles de pisos en algún lugar del este de Madrid. La Elipa probablemente. Aquello escoció, ¿verdad? Vamos a empezar a construirlos enseguida.

El general me miró recordando sus palabras de esa misma noche sobre el becerro de oro. Bajé la cabeza; no me podía permitir el lujo de que el general me confundiera con su *pepito grillo*. Todos ellos habían sido capaces de matar a personas más inocentes que la verdosa conciencia de Pinocho.

—No fue por eso por lo que mis muchachos intentaron acabar contigo, Julián. Sólo ves dinero.

La verdad es que no sabía a cuál de los dos creer: ¿el atentado contra Julián había sido por una adjudicación de obras o por la carta de Hortensia en la que le informaba de que Julián había asesinado a su hijo? Matices.

—El caso es que Campano ya estará informando a mi padre de adónde me habéis traído.

—Campano no sabe nada.

—¿General? —solicitó permiso para hablar uno de los sargentos.

—Has hablado con Campano —afirmó, no preguntó el general. Era rápido.

—Me llamó por radio para saber si necesitábamos más hombres —explicó el sargento.

Julián soltó una carcajada que notamos falsa pero era una carcajada. El general no perdió los nervios, eso hay que reconocérselo. Sólo se tomó su tiempo para pensar. Y volvió a sonreír.

—José, llama a León Martí y dile dónde estamos, por si Campano no ha sido tan eficiente como esperaban. En mi casa de San Ildefonso. Él la conoce. —Y se encaró con Julián—: Era lo que pensaba hacer de todos modos, idiota. Citar aquí a tu padre. Y hablar. Tu padre y yo puede que mañana tengamos la oportunidad de volver a sacrificarnos por la patria o no. Ah, no, que tu padre no se sacrificó nunca por nada. Lo repite el hombre tantas veces que al final hasta yo termino creyéndole. El caso es que mañana tu padre o yo, uno de los dos, volverá a casa. O los dos, quién sabe. Pero tú no sales vivo de aquí. Aunque tu padre nos rodee con un regimiento. Ríete ahora.

—¿Por qué? ¿Qué te ha dicho este hijoputa? —gritó Julián descompuesto.

—Me ha dado copia de una carta en la que mi hijo Valentín me manda recuerdos tuyos.

—Tenemos el original —añadí.

—¡Es todo falso! ¡También se puede falsificar un original! —Y al general—: ¡Dime que te acuerdas de la letra de tu hijo, dímelo, anda!

—Tienes razón. Y tampoco creo que me quede algún escrito de Valentín para comparar. —El general hablaba con serenidad.

—¿Lo ves? ¡A saber para quién trabaja este muerto de hambre! ¡Para alguien que quiere que nos matemos entre nosotros, ¿no te das cuenta?! Si nos ponemos a pensar, juntos, podremos deducir a quién beneficia nuestro enfrentamiento y castigarle, hundirle, liquidarle.

—¿Te has parado a pensar que pueda ser el mismo Caudillo?

Julián abrió la boca pero no pronunció palabra. Dichas por un jefe de los servicios de inteligencia esas palabras acojonaban a cualquier. El general se acercó a Julián.

—Tranquilo, muchacho, te has puesto blanco —dijo el general riendo y pasándole un brazo por los hombros—. Estaba bromeando. Siéntate. José, sírvele un güisqui al muerto.

Julián se sentó. Yo, que había contemplado toda la escena desde el rincón del aparato de televisión, me acerqué también a la mesita con ruedas donde estaban las botellas, cogí un vaso chato y di dos suaves golpes para llamar la atención de José. Lo entendió. Después de llenar el vaso para Julián, llenó el mío. Me lo bebí de un trago y yo mismo me serví el siguiente. Cinco años desde la última copa. Fue como una inyección de seguridad y esperanza, aunque sabía que duraría poco su efecto: a la próxima o a la próxima sólo me quedaría la necesidad de la próxima.

Pero necesitaba esas copas. Estaba empezando a comprender. El general había dicho que uno de los dos, León Martí o él, volvería al día siguiente a casa. O los dos, había añadido. ¿Sería capaz de llegar a un acuerdo con quien había matado a su hijo? No podía permitirlo; debía alimentar el odio del general, renovarlo a cada instante.

—General, he escuchado la historia directamente de las personas que la vivieron —dije—. Le puedo garantizar que es cierta. León Martí lo pensó todo desde el principio. Si hubiera vencido la República él estaría en una posición similar a la que actualmente ocupa mientras que usted estaría preso o muerto, quizá en una tumba sin nombre como su hijo.

Pareció que el general no me había escuchado. Se plantó de pie frente a Julián.

—¿Sabes por qué estoy seguro de que la carta de mi hijo es auténtica y, por tanto, también lo es la fotografía y ese uniforme tuyo tan aparente?

—¡Piénsalo bien, joder! ¿Cómo iba yo a estar en una checa y que nadie me haya reconocido en todos estos años?

—Porque te libraste de los que hubieran podido hacerlo. Incluido mi hijo. Tuvo la mala suerte de caer en tus manos cuando los rojos ya tenían la guerra perdida. Con la victoria, el hijo de un comandante de Franco sería un testigo muy fiable. Y tarde o temprano te toparías con él en alguna fiesta, en el cumpleaños del Caudillo, incluso en alguna reunión de negocios. Te habría denunciado. Él y tú, mi Valentín y tú, no cabíais en el mismo bando. Te lo cargaste.

—Son especulaciones, Laseca, y tú lo sabes.

Con un movimiento muy rápido, el general abrió el automático de su cartuchera y sacó una pistola reluciente.

—¿Qué haces? ¡Mi padre está a punto de llegar! ¡Cuenta hasta diez! ¡Piénsatelo! Si me matas ya no habrá negociación posible.

—La señora a quien el señor Perea representa se conforma con que Julián Martí reciba su merecido. ¿Es así o no es así, señor Perea?

Me serví y tragué otra copa antes de contestar.

—Se conformaría, pero estamos seguros de que don León...

—Cállese, ahora hablaremos —me dijo; y a Julián—: ¿Lo ves? Con la relevancia que, por tu estupidez, ha adquirido este asunto, hasta tu padre dormiría más tranquilo si estuvieras muerto.

—¿Cómo? —preguntó Julián aparentemente sereno—. Ahora está confirmado. Te has vuelto completamente loco.

—Explíqueselo, señor Perea.

—Con el apoyo del general Laseca podríamos llegar a juicio. Se abriría un proceso. Usted sería acusado no sólo de subversivo y de crímenes de guerra; también del asesinato de Valentín Laseca y de cuatro mendigas, más otro homicidio en grado de tentativa.

Miré al general, que asintió con un solo movimiento de cabeza. A la prusiana.

—El resultado no sólo sería su condena sino el desprestigio total de toda la familia. Probablemente les serían incluso incautados sus bienes porque, además, saldrían a relucir las maniobras de su padre para garantizar su posición si ganaba la República.

Julián había ido perdiendo volumen según me escuchaba, había encogido. Por si no le había quedado del todo claro, el general añadió:

—Conoces a tu padre. Un hijo de puta. Ni siquiera tú estás por encima de la familia. Te venderá.

Julián gritó de angustia y se lanzó como una fiera contra el general.

Era la oportunidad que Laseca estaba esperando. Le dio con la culata de su pistola entre los ojos. Escuchamos el ruido del hueso al astillarse. Julián quedó sentado de nuevo. Las lágrimas le corrían por las mejillas sin contención. Tenía la excusa del brutal golpe.

—*Ergo*, llegados a estas alturas, tu padre te prefiere muerto, como queríamos demostrar. Que de hoy no pasas dalo por descontado. Lo que tengo que decidir es si tu padre te acompaña o no.

Julián se tapó la cara con las manos. Vio claro que don León no sólo podría prescindir de él; debía prescindir de él. Don León tenía un nieto. La familia se perpetuaría con su poder intacto si… Julián pagaba por todos los pecados cometidos hasta la fecha. Mejor aún, Julián pagaría por todos los pecados cometidos hasta la fecha y algunos que se cometieran después. Si, por ejemplo, en el futuro unos edificios se venían abajo por la calidad de sus materiales, Julián pagaría por ello. Julián salvaría a la familia y ya se encargaría don León de transmitir a las generaciones venideras, convenientemente edulcorado, el sacrificio final de su primogénito. Así habían comenzado las leyendas de los piratas o bandoleros devenidos en nobles; así se fundaba una dinastía. Se tapó la cara con las manos porque sabía lo mucho que a su padre le gustaban las dinastías. Se tapó la cara con las manos para no ver su cara de muerto en el espejo.

—Ah, una cosa más antes de despedirnos —dijo el general—. ¿Quieres saber por qué estoy seguro de que la carta que presentan como de mi hijo la escribió él? No vas a tener el privilegio de leerla, la ensuciarías. Pero es algo que ni siquiera el señor Perea y su representada han podido detectar. Se despide de mí y luego, sin venir a cuento, dice que por su parte él ya se ha despedido de los chacales. ¿A que ya sabes quiénes eran los «chacales» cuando la palabra se pronunciaba en mi casa?

Sin esperar respuesta a su pregunta retórica, el general destrozó la rodilla de Julián con un disparo.

—¡No, por favor, tengo dinero propio, será todo tuyo!

El general le destrozó la otra rodilla. Julián esta vez se conformó con gemir. Ni promesas ni amenazas. El general alzó la pistola hasta que encañonó el corazón de Julián. Iba a disparar. Pero escuchamos gritar a uno de los sargentos que habían quedado fuera de la casa, de guardia:

—¡General, mi general, venga a ver esto!

—¿Tiene usted pistola? —me preguntó el general.

Le enseñé la Star.

—Vigílelo. No le mate, por favor.

Me dejó apuntando a Julián y salió con su chófer. Desde el porche podían verse muchos kilómetros de la carretera que corría por el valle y luego subía hasta la casa. El general había elegido muy bien el campo de batalla. El sargento de guardia vería cualquier vehículo que se acercara y tendrían tiempo de prepararse.

—No le voy a ofrecer dinero —me dijo Julián en cuanto nos quedamos solos— porque ya he visto en sus ojos lo que usted desea. Le rechazará. No quiere a nadie, no sabe querer.

—Quizá porque nadie le ha enseñado.

—Si usted prefiere creerlo así…

Hablaba haciendo un gran esfuerzo. El dolor de la frente y de las rodillas debía de ser insoportable. Y prefería emplear sus últimas palabras en Lidia. Tampoco a él le habían enseñado algo diferente a lo que hacía, pensé, en cierto modo tampoco había podido elegir. Su padre merecía tanto como él o más estar sentado allí esperando la muerte. Su padre le había enviado a Madrid para ser comunista; su padre le había comprado sus primeras camisas azules cuando volvió a Valencia; su padre había asesinado para guardar su secreto y para poder adoptar a Lidia; su padre, don León Martí, le había cargado desde entonces con los trabajos sucios que la familia necesitaba para prosperar. Tal vez Julián, con mucha más convicción que yo, habría elegido cualquiera de las infinitas vidas posibles para cada cual.

Durante un instante sentí pena. El güisqui me había puesto sentimental. Enseguida desapareció la sensación o, mejor dicho, el sentimiento cambió de objeto. Y comencé a sentir pena por mí. Si el general no mataba a León Martí cuando viniera, estaban obligados a matarme a mí. Y a ellas. Dentro de poco sería yo el que estuviera sentado en el sofá esperando el tiro de gracia.

Escuché el motor de dos coches que llegaban y se paraban.

—Mátame y dile que he muerto pensando en ella —dijo de repente Julián.

—¿Qué más te da? —pregunté con verdadera curiosidad científica. Qué le puede importar a uno lo que digan o dejen de decirle a su viuda. Como no contestaba, añadí—: Es para morir tú mejor, ¿no? Para imaginar que ella llora por ti, ¿verdad? ¿Te enorgullece eso, te lo hace más llevadero?

—Se nota que tú tampoco has querido nunca.

De otro modo jamás me hubiera atrevido a hacerlo —fui enseñado a vivir obedeciendo y se nota que hicieron un buen trabajo conmigo—, pero me había bebido tres copas: alcé el arma dispuesto a disparar cuando entraron el general y don León Martí seguidos por su gente. Don León traía seis. El tal Campano había informado con toda precisión y don León había reclutado a los mínimos suficientes para tener más capacidad de fuego. Pero les habían sorprendido al bajar de los coches, supuse, porque don León y sus hombres estaban en el centro de un mellado círculo formado por el general y sus soldados. Sin embargo nadie había sacado su arma. No sé de qué coño habrían hablado fuera pero las pistolas estaban en sus cartucheras. Sólo el general llevaba la suya metida en el pantalón, en la cintura. Yo era el único con una pistola en la mano.

—Ahí tienes a tu hijo, León —dijo el general señalando a Julián.

La sangre empapaba el traje de Julián y el sofá y más abajo comenzaba a crecer un charquito circular que fundía los arabescos de la alfombra. Ya iba a guardar mi Star cuando con un rápido movimiento del brazo, sólo del brazo, y sin dejar de mirar a don León, el general disparó contra Julián. En el pecho, un poco a la la izquierda, en el corazón. Todos echaron mano a sus armas pero yo fui más rápido. Don León tenía el cañón de la mía en su sien izquierda.

—Quietos —dijo don León sin levantar la voz.

Todos detuvieron sus movimientos. Congelados. Los dedos a pocos centímetros de los gatillos, las ideas a punto de devenir acción, el miedo atento. La fidelidad balanceándose: no es lo mismo *jurar dar* la vida por alguien que *dar* la vida por alguien. Algunos son tan emotivos, tan leales, que no se percatan de la diferencia hasta que les llega la hora de abjurar o morir. Lo que sucedía en aquel momento. La vida de cada uno dependía de si obedecía lo que ordenara su jefe.

—Gracias, señor Perea —dijo el general y enseguida—: Muchachos, desarmadles.

Los soldados obedecieron y les quitaron las armas a los sicarios de Martí. El propio Laseca se encargó de retirarle el arma a don León. Y quiso hacerle más fácil el trago:

—No te atormentes, León, has obrado bien. No vale la pena una carnicería. Cualquiera que mire más allá de sí mismo, cualquiera que comprenda que la familia, y no el individuo, es la unidad fundamental para medir la evolución, el progreso, habría actuado como tú. Sentémonos y charlemos.

Mientras los dos capos se sentaban en otro sofá, uno

que quedaba debajo de los trofeos de caza, en el segundo ambiente del salón, José extendió la mano ante mí. Llevaba en un saco las pistolas de todos los demás y quería que le entregara la Star.

—No, amigo, yo no soy de los malos. Mi arma la guardo yo.

José miró al general, que hizo un gesto de fastidio: no podía ser él quien lo solucionara todo, siempre.

—Por favor, señor Perea, no ponga a José en un compromiso. Entréguele su pistola. A partir de ahora, como el Estado, tengo el monopolio de la fuerza.

—Me marcho entonces. Yo he terminado con lo mío.

El general soltó una carcajada como yo sabía que iba a suceder.

—Eres un imbécil, Perea —dijo don León—, un verdadero idiota.

—Si no he contado mal, ya no le quedan nueras ni yernos que buscar, ¿no? Se le han marchado todos. Y ni siquiera podrá reponerlos, apenas le quedan hijos.

—Déjame que lo mate ahora mismo —le pidió don León al general.

—Tranquilo, León, no ganas nada con alterarte. Y no quiero ser desagradecido con el señor Perea. Gracias a él, te tengo cogido por las pelotas. Además, le necesitamos. ¿Qué crees que haría el Caudillo si se enterara de todas las fechorías que has cometido?

Dijo «fechorías», lo juro. Estaba siendo demasiado duro. Reírse de don León en sus propias barbas y con su hijo de cuerpo presente… Mientras José me quitaba la Star con el argumento de que uno de los sargentos me apuntaba a la nuca, el general Laseca continuó su representación:

—Dejadlo estar, dejadlo estar, ya tiene bastante el pobre con que un hijo le saliera rojo —dijo el general imitando la voz aflautada del Generalísimo. Y ya con su propia voz—: Hasta ahí estamos de acuerdo, ¿verdad, León? Pero ¿y si yo le contara que lo tenías todo pensado, tú, personalmente, que si buscamos encontraremos documentos que prueben que apoyaste al gobierno republicano mientras estabas en Valencia? No, mejor: ¿qué le parecería al Caudillo saber que, tras consultarte, Julián mató a mi hijo en una sucia checa madrileña? ¿Sabes cómo le cabrea el tema de las checas? ¿Sabes que puedo empezar a colgarle a tu hijo Julián crímenes que ni siquiera se cometieron? Una vez que empiece no voy a parar. ¿Sigo?

Don León movió la mano con languidez para indicar que no era necesario. No me lo podía creer: había adoptado poses de lo que él creía que era «nobleza». No tuve tiempo de regodearme mucho porque, para mi sorpresa y desaliento, don León Martí preguntó:

—¿Cuánto quieres?

Esas palabras me abrieron un hueco en el estómago. Héctor Perea estaba muerto. O casi. Si el general Laseca no disparaba en ese mismo instante y le perforaba la cabeza a don León Martí, yo estaba muerto. Y todos lo sabían porque uno de los sargentos se colocó detrás de mí para impedirme la fuga. Por el contrario, los sicarios se relajaron y uno de ellos hasta sonrió. La pregunta de don León era un salvoconducto. Regatearían y llegarían a un acuerdo. También los soldados estaban contentos. Todos volverían a casa esa noche.

—No te inquietes, hombre, que no te voy a dejar en la calle. Sería de tontos desaprovechar tu experiencia y, además, casi estaría obligando a la gente a pensar. Tú y yo sabemos que eso es lo peor que puede pasar en un mundo tan inestable como el nuestro. La gente se preguntaría: ¿cómo ha conseguido Laseca todo eso?

—¿Cómo lo piensas arreglar entonces?

—Asociándonos, hombre. Guardando la foto de tu hijo y la carta del mío en la caja de un banco con instrucciones claras para enviárselas al Caudillo si me pasara algo. El original de la carta me será facilitado por el señor Perea, aquí presente.

—No lo tengo —dije, con la esperanza de retrasar lo más posible mi ejecución.

—Vaya, qué contrariedad —dijo el general sonriendo—. Eso me lleva a otro aspecto del caso. La testigo. Supongo que la testigo y la carta estarán juntas. El señor Perea nos va a proporcionar enseguida las señas de esa señora. Si mi lógica sigue funcionando, tu nuera, León, está con ella. Nos divertiremos, ya verás. El caso es que tomaremos declaración a la señora, firmaremos todos como testigos y… ya está. Un testimonio contra ti avalado por un montón de gente, tú incluido. Seguro que te estás impacientando porque todavía no he respondido a tu pregunta. Que cuánto quiero has dicho, ¿verdad? Clarito para no perder tiempo. Primero, no tocaré a tu hija y a tu nieto. Serás abuelo de un marqués. En cuanto a lo crematístico, si continúas trabajando como hasta ahora, yo el setenta y tú el treinta. Y te hago un favor, ¿eh?

Don León asintió. La relajación entonces fue absoluta. Los muchachos de ambos bandos dudaban sobre si sería correcto abrazarse para sellar el acuerdo. Así lo entendió el general que, siempre en sintonía con la clase de tropa, dio un paso hacia don León y le abrazó y palmeó la espalda.

—Y ahora a trabajar, muchachos. Que nadie pueda decir que nos dormimos en los laureles —dijo el general como si llegara por la mañana a la oficina—. El señor Perea nos va a informar sobre el paradero de la señora de la fotografía y terminaremos enseguida, ya lo veréis. León, anímate, hombre, recuperarás a tu nuera. ¿Señor Perea?

Muchas veces, cuando era policía y desde mi despacho escuchaba los gritos y sollozos de los torturados, me preguntaba qué les impulsaba al silencio. ¿Por qué no hablaban si sabían, igual que lo sabíamos nosotros, que sólo uno entre diez mil aguantaba en silencio hasta la muerte? ¿Creían de verdad ser ese uno? ¿Para qué intentarlo? Me había tocado la hora de averiguarlo. No me engañaba pensando que yo era de los que aguantaban. Terminaría hablando. Me daban a elegir entre delatar con dolor o sin dolor. La respuesta para un animal racional es «sin dolor». Sin embargo, piénsenlo: ¿cómo vas a enviar a la muerte a dos mujeres —a una de ellas incluso crees que la quieres— sin dolor? ¿Así, sin más? O sea, te preguntan dónde pueden encontrar a esas dos mujeres y tú les dices: en la calle de Ribadesella. Ellos van a buscarlas y, con suerte, las liquidan en el acto. ¿Es así como funciona? No es posible.

Al menos yo no podía. Tenía que resistirme. ¿Y cuando empiecen qué? Dolor. Un dolor insoportable, un dolor que les obliga a mantenerte despierto porque te hace perder el conocimiento. Un dolor como jamás lo has sentido. ¿Hasta cuándo vas a aguantar? Si fuera una cuestión de tiempo, mi resistencia tendría un sentido. Cuanto más tarde hablara más tiempo tendrían ellas para huir. Pero no era el caso. Ellas no se iban a marchar. Al menos hasta dos días después, cuando Santos les dijera que yo no volvería. Por mucho que yo aguantara el dolor unos minutos, media hora, una hora, Lidia y Elvira no se iban a marchar. Esperarían en Ribadesella hasta que llegasen a matarlas. Pero, ¿cómo iba a contestarles sin más?

Ya antes de preguntar, José, que era el más fuerte y el menos divertido, me dio un puñetazo en el estómago que me impidió respirar durante unos segundos. Pero no respirar no significa no ver y vi cómo traían de la cocina un caldero lleno de agua. Ese truco también lo conocía. Fui cocinero antes que fraile. Me meterían la cabeza en el agua el tiempo suficiente para pensar que me ahogaba. Pero ahogarte depende de ti, de que abras la boca. Es el torturado quien tiene que decidir cuándo se muere: se asfixia, ya no puede más, tal vez lo mejor es abrir la boca y dejar que el agua inunde sus pulmones, pero si todavía está pensando significa que aguanta, o sea que puede aguantar un poco más… ¿o no?, ¿o abre ya la boca y termina con todo? Sí, se acabó, abre la boca para morir. Pero no es tan fácil. Cuando ya ha decidido morir y abre la boca, ellos le sacan tirándole de los pelos. Y vuelta a empezar. Otra vez a tomar la decisión. Es como suicidarse: si soporta sin ha-

berse suicidado diez, doce, quince veces, entonces le apli-
can electricidad en los testículos. Y si aguanta... No, imposible, no aguantaré, me decía yo, pero... ¿cómo vas a
decir la dirección para que maten también o torturen también a las dos mujeres? Y vuelta a empezar.

Escuché un gran estruendo y los verdugos aflojaron
durante un instante. Todos miraron hacia la puerta. Con
el segundo estruendo vi cómo caía, plana, la puerta de la
casa. Una puerta recia, de madera, de dos hojas con llama-
dores de metal muy lustrosos. Los primeros que entraron
eran dos guardias civiles pero tras ellos llegaron tres más
con pantalones de pana y tabardos de paño grueso. Con
naranjeros. Y otro con una escopeta de caza de dos cañones. Al de la escopeta lo conocía.

—¡Todo el mundo al suelo! —gritó uno de ellos.

Sonaron los dos tiros que tiene la escopeta y don León,
el general Laseca y sus militarotes y sicarios obedecieron.
Todos bocabajo, en el suelo. El de la escopeta repuso los
dos cartuchos. Y volví a decirme que le conocía. Sonreí
cuando recordé que era el primer peón caminero que vimos cuando veníamos. Uno de los que iba disfrazado de
guardia empezó a reír a carcajadas. Pronto los demás le
corearon. Los nervios. El de la escopeta, sin dejar de reír,
preguntó:

—¿Quién tiene la llave de las esposas?

Como todos los que yacían en el suelo callaron, el hombre de la escopeta le dio una tremenda patada en la boca al
hombre del suelo que tenía más cerca. Era José, y tenía las
llaves. El guardia civil era el encargado de las patadas porque era el único que calzaba botas, incluido el otro guardia,

que llevaba también abarcas. José empezó a sangrar abundantemente y, como para sacar las llaves tuvo que mover la cabeza, abrió la boca en un gesto de dolor y pude ver que le faltaban los dientes de arriba. Muchos. Me quitaron las esposas y yo les dije que los soldados iban armados y que las armas de los demás estaban en un saco bajo el aparato de televisión. Antes de desarmar a los soldados se quedaron mirando el televisor y preguntándose si era verdad que funcionaba como la radio y el cine juntos. Escuché que llegaba otro coche y se detenía. El de la escopeta comenzó a dar órdenes; la primera, que desarmaran a los soldados. Los cañones de las metralletas muy cerca de los cráneos. Alrededor de la cintura de don León se formó un charquito.

—¡Compórtate, cojones! —le dijo el general.

Entraron Elvira, Lidia y un sexto hombre, también armado. Elvira estudió la situación con aparente frialdad. Lidia, al ver a su marido muerto, se quitó la rebeca y le tapó con ella la cara; después se acercó hasta mí y, como tenía la mano puesta sobre mi abdomen, me abrió la camisa. Además de otros moratones, vio marcadas las líneas de la suela de la bota de José en mi pecho.

—¿Quién ha sido? —preguntó mientras intentaba quitarle a uno de los hombres la metralleta.

—No, hija, así no —dijo Elvira.

—¿A título individual? —le pregunté a Elvira.

—A título individual —respondió; y añadió—: Marchaos.

¿A quién se refería? Sólo caí en la cuenta de que se refería a nosotros cuando Lidia me cogió del brazo y tiró de mí hacia el exterior.

—¡Espera! ¿Tienes el original de la carta y la foto? —me preguntó Elvira.

Asentí.

—Las necesitamos como pruebas —me aclaró ella.

Le entregué ambas cosas. Lidia tiró de mí de nuevo. Salimos a la noche.

—Atención. Venga, atadlos y sentaos todos. Vamos a constituir el tribunal popular —escuchamos que decía Elvira dentro de la casa.

Lidia arrancó el coche. Sus faros iluminaron un jardín muy bien cuidado.

Madrid, Almería, febrero de 2009